현대
마도학자

네르가시아 장편 소설

FUSION FANTASTIC STORY

THE MODERN
MAGICAL
SCHOLAR

현대 마도학자 6

네르가시아 장편 소설

초판 1쇄 찍은 날 § 2015년 2월 9일
초판 1쇄 펴낸 날 § 2015년 2월 16일

지은이 § 네르가시아
펴낸이 § 서경석

편집부장 § 권태완
편집책임 § 박은정

펴낸곳 § 도서출판 청어람
등록번호 § 제387-1999-000006호
등록일자 § 1999. 5. 31
어람번호 § 제1-2051호

주소 § 경기도 부천시 원미구 부일로 483번길 40 서경B/D 3F (우) 420-822
전화 § 032-656-4452 팩스 § 032-656-4453
http://www.chungeoram.com
E-mail § chungeorambook@daum.net

ⓒ 네르가시아, 2014

ISBN 979-11-04-90112-6 04810
ISBN 979-11-316-9243-1 (세트)

현대 마도학자

네르가시아 장편 소설

FUSION FANTASTIC STORY

THE MODERN MAGICAL SCHOLAR

6

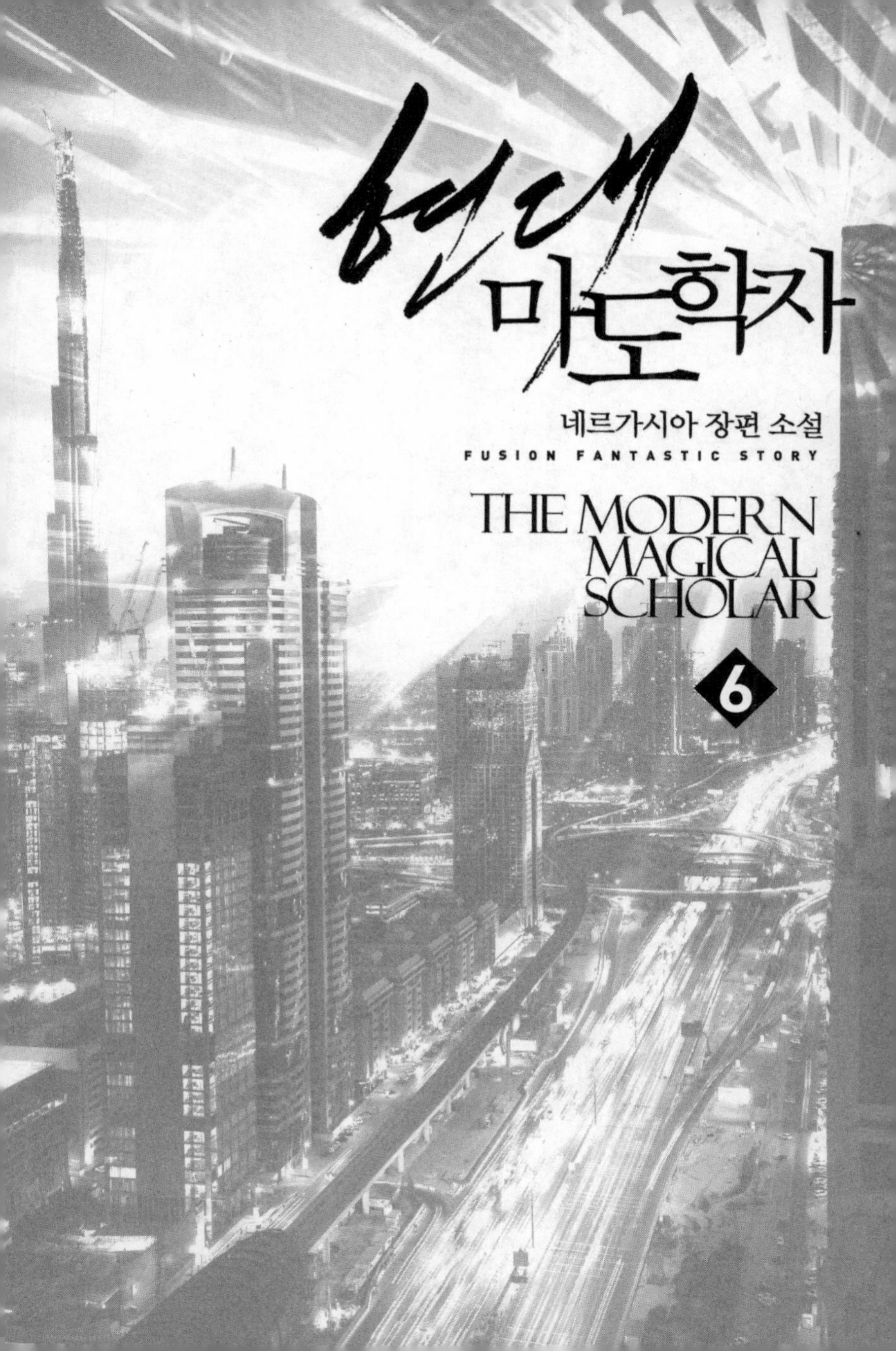

현대 마도학자

THE MODERN
MAGICAL
SCHOLAR

CONTENTS

1장

베네노아

케이프타운 외곽에 위치한 지하 밀실.

얼굴이 반쯤 뭉개진 사내가 화수를 바라봤다.

"허억, 허억!"

화수는 그런 그의 얼굴을 발로 걷어차 버렸다.

퍼억!

"크헉!"

다 죽어가는 사내의 얼굴을 발로 걷어찬 화수는 그의 머리
채를 휘어잡았다.

꽈득!

"으윽!"

"다시 한 번 묻겠다. 네 보스는 지금 어디에 있나?"

"모, 모른다고 하지 않았나? 혹시 귀가 어떻게 된 것 아닌 가?"

"독종이군."

화수는 무려 30분이나 그를 두들겨 패다 지쳐 리처드에게 바통을 넘겼다.

"네가 한번 해보겠어?"

"예, 알겠습니다."

고문에는 자신 있다고 생각한 화수였지만 어지간해선 그가 입을 열 것 같지 않았다.

리처드는 무표정한 얼굴로 나이프를 꺼내 들었다.

스릉!

"형님, 고개를 돌리시죠."

"고개를?"

리처드는 나이프로 그의 손가락 끝을 저미곤 거기에 날카로운 바늘을 찔러 넣었다.

푸욱!

"크, 크아아아악!"

사람의 손가락 끝은 신경이 뭉쳐 있기 때문에 인간의 신체 중 가장 민감한 곳이다.

그런 손가락 끝을 저민 다음 바늘을 찔러 넣는다면 쇼크로 사망할 수도 있다.

하지만 리처드는 사람이 어떻게 하면 죽고 어떻게 하면 죽지 않는지 아주 잘 알고 있었다.

그는 고문을 하다 죽을 것 같으면 바늘을 뺐다가 다시 찔러 넣었다.

푸욱!

"끄어어어어억! 사, 사람 살려!"

"이제야 좀 말할 생각이 드나?"

"제, 제발……."

리처드는 그가 자신이 생각하는 것과 다른 대답을 하자 이내 창고에서 망치를 꺼내 왔다.

"아무래도 네가 아직 정신을 덜 차린 모양이군."

그는 사내의 새끼발가락을 망치로 힘껏 내려쳤다.

콰앙!

그러자 그의 눈동자가 천장을 향해 서서히 돌아가기 시작했다.

"흐어어어억!"

리처드는 고통에 몸부림치다 못해 눈이 돌아간 사내의 얼굴에 찬물을 끼얹었다.

촤락!

"허억! 허억!"

"다시 한 번 묻겠다. 네 보스는 어디에 있나?"

사내는 리처드가 자신의 새끼발가락에 바늘을 들이대자

이내 경기를 일으켰다.

"여, 영국! 영국에 있다! 그는 지금 영국에 있어!"

"오호라, 그렇단 말이지?"

화수는 거침이 없는 리처드의 고문 방법에 혀를 내둘렀다.

"설마하니 망치로 사람을 내려칠 생각을 하다니 정말 대단하군."

"이쪽 일을 오래하다 보면 어떤 부위가 가장 아픈지 저절로 깨닫게 됩니다."

"하긴 그건 그렇지."

리처드는 그의 손가락에 바늘을 가져다 대며 다시 물었다.

"영국 어디쯤에 있는지 아나?"

"매, 맨체스터! 맨체스터에 있다!"

"맨체스터 어디?"

"그건……."

"아하, 모르신다?"

"자, 잠깐! 나에게 전화기를 준다면 그의 소재를 알아낼 수 있다!"

"그래?"

"저, 정말이다!"

리처드는 그에게 전화기를 건네주는 대신 정강이에 망치를 들이댔다.

"허튼수작 부리면 곧장 정강이가 날아간다. 알겠나?"

"무, 물론이다. 대신 여기서 내가 제대로 대답한다면 목숨은 살려다오."

"알겠다."

그는 어딘가로 전화를 걸더니 이내 최대한 웃음 띤 목소리로 말했다.

"어이, 존! 지금 어디에 있나?"

—나? 난 지금 맨체스터 농장에 있지.

"농장? 세월 좋은데?"

—후후, 좋긴, 보스 별장이다. 알잖나. 별장에 들어오면 거의 쉬지도 못하고 경계를 서는 거.

리처드는 사내를 바라보며 고개를 끄덕이더니 전화를 끊으라는 신호를 했다.

"이, 이제 됐나?"

"여기에 별장 주소 적어라."

"아, 알겠다."

"만약 여기가 아니라면 네놈은 이미 죽은 목숨이다."

"무, 물론이지."

그가 쪽지에 주소를 적자 화수는 그것을 메모했다.

그리곤 그를 바라보며 리처드에게 말했다.

"이놈을 데리고 아이의 뒤를 쫓아. 난 보스라는 놈을 찾아갈 테니."

"알겠습니다."

사내는 아이가 프랑스로 간 뒤로는 잘 모른다고 했다.

리처드는 사내를 데리고 프랑스로 향했고, 화수는 곧장 영국행 비행기 티켓을 수배했다.

*　　　*　　　*

영국 맨체스터 지방에 위치한 한 고저택.

화수는 고지에서 망원경으로 저택을 바라보고 있었다.

"경계가 삼엄하군."

약 1천 평가량 되는 크기의 저택은 수많은 마피아가 삼엄하게 경계를 서고 있었다.

아무리 화수라도 혼자 정면 돌파하는 것은 불가능해 보였다.

화수의 곁에 있던 찬미가 슈트케이스에서 뭔가 작은 물건들을 꺼내어 늘어놓았다.

"이걸로 뚫으세요."

"이게 뭡니까?"

"제가 오늘 작전에 대해 전해 듣자마자 실용화가 가능하도록 개조한 물건들이에요."

화수가 투명한 유리 볼 안에 든 물건들을 자세히 들여다보았다. 그것은 모기 모형의 기계였다.

"모기? 웬 모기입니까?"

"잘 보세요."

찬미는 모기가 들어 있는 유리 볼을 개방해 모기들에게 마나를 흘려보냈다.

그러자 모기들이 일제히 푸른빛을 발하며 날아올랐다.

위이이이잉!

"설마 마나코어를 장착한 모기입니까?"

"네, 맞아요. 초소형 마나코어를 장착해 단순한 동작밖에는 할 수 없지만 원격으로 움직임을 제어할 수가 있어요."

"이것을 적진으로 날려 보내려는 것이군요?"

찬미는 모기 중 한 마리를 잡아서 화수에게 보여주었다.

"모기의 배에는 마나코어와 함께 그와 비슷한 크기의 마취제 통이 들어 있습니다. 모기는 제 명령에 의해 날아가서 사람의 목덜미에 마취제를 투여할 거예요. 그렇게 된다면 경계가 무력화되는 것은 식은 죽 먹기죠."

"오호, 좋은 방법입니다."

이윽고 찬미는 또 다른 슈트케이스에서 쥐와 고양이를 꺼냈다.

야옹~

"이건 고양이?"

움직임이 조금 부자연스럽긴 하지만 분명 이것은 고양이였다.

"제 노트북과 연결된 고양이에요. 녀석은 굴뚝으로 잠입해서 보안을 무력화시킬 거예요. 그렇게 되면 사부님께서 침투하기에 아주 좋겠지요."

"그렇군요."

그녀는 이어 화수에게 생쥐를 건넸다.

찍찍.

"이 녀석들은 무슨 역할을 하는 거죠?"

"쥐들은 몰래 저택으로 잠입해서 내부 지형을 파악하고 열감지 센서를 장착할 거예요. 그렇게 되면 내부의 구조를 모두 파악할 수 있어 적들이 어떻게 움직이는지 알 수 있죠."

"그렇다면 쥐를 투입하는 것이 우선이겠군요."

"네, 맞아요. 쥐를 투입해서 정찰을 하는 동안 모기가 경계를 무력화시키고 고양이가 내부 보안 시스템을 점령하는 것이지요."

"좋습니다. 그럼 그 이후에 제가 침투하는 것으로 하지요."

그녀는 마도학으로 만든 저격총을 설치하며 말했다.

철컥!

"그 뒤는 제가 봐드리지요."

"총을 쏠 수 있습니까?"

찬미는 대답 대신 총을 장전해서 저택 끄트머리에 있는 쓰레기통을 조준했다.

"쓰레기통 손잡이를 맞출게요."

이윽고 그녀는 거침없이 방아쇠를 당겼다.

피융!

무려 4km를 날아간 탄환은 쓰레기통 손잡이에 명중했다.

티잉!

화수는 망원경으로 그 광경을 보고는 이내 감탄사를 내뱉었다.

"와! 도대체 사격술은 언제 연습한 겁니까?"

그녀는 어깨를 으쓱였다.

"제가 무술을 배울 시간이 모자라서 총을 배웠어요. 이론으로 공부하고 몸에 익히는 데 한 시간이면 충분하더군요."

마나코어가 장착된 찬미의 몸은 일반인에 비해 월등이 높은 신체능력을 자랑했다.

게다가 집중력이 타의 추종을 불허하는 마도학자들이다. 그런 그들이 총을 잡으니 세계 최고의 명사수가 되는 것은 당연했다.

"이런 생각을 다 하다니. 당신도 이젠 마도학자가 다 되었군요."

"후후, 이미 골방 마도학자가 다 되었는걸요."

그녀는 화수에게 이어마이크가 달린 무전기를 내밀었다.

"마나코어로 연결된 무전이에요. 이걸로 통신하면서 잠입하기로 하죠."

"알겠습니다."

찬미는 초소형 마도병기들을 내려 보냈고, 화수는 그 뒤를 따라 산비탈을 내려갔다.

*　　　*　　　*

고즈넉한 분위기의 저택.

이곳은 약 300년 전에 지어진 유서 깊은 가문의 별장이었다.

당시에는 백작의 첩실이 사는 별채로 사용되었지만 2차 세계대전이 끝난 이후에는 가문의 별장으로 사용되고 있었다.

그러다 가세가 급격히 기울자 가문에서 경매로 내놓아 10년 전 베네노아에게 팔렸다.

지금은 베네노아의 은신처이자 도피처로 사용되며, 서서히 사람들의 기억 속에서 잊혀가는 중이다.

그런 저택의 담벼락으로 회색 쥐가 빠른 속도로 접근했다.

사사사삭!

경계를 서던 마피아들은 수상한 소리가 들리자 쥐가 들어간 곳으로 총을 겨누었다.

"누구냐!"

하지만 허무하게도 반대편에서 동료의 목소리가 들렸다.

"쥐야, 쥐. 걱정하지 마."

"그렇군. 난 또 뭐라고."

그들은 다시 경계에 돌입했다. 별것 아니라는 듯 대응한 마피아들 덕분에 쥐는 무사히 저택 안으로 들어갈 수 있었다.

회색 생쥐는 저택의 이곳저곳을 돌아다니며 자신의 채취를 뿌리는 동시에 붉은색 불이 점멸되는 기계를 설치하기 시작했다.

딸깍!

삐비비비빅!

이 기계에는 초소형 열 감지 센서가 부착되어 있어 사람이 지나다니면 곧장 반응하여 데이터를 후방으로 보내준다.

기계를 설치하는 데 성공한 생쥐는 계속해서 저택을 돌아다니며 열 감지 센서를 부착했다.

우르르릉!

곧 비가 내릴 것 같은 오후, 저택의 마당으로 고양이 한 마리가 빠른 속도로 침투해 들어왔다.

파밧!

하도 빠른 속도로 움직였기 때문에 마피아들은 눈치를 채지도 못했고, 고양이는 곧장 굴뚝을 타고 저택 안으로 들어섰다.

그리곤 슬며시 걸음을 옮겨 저택의 보안을 책임지고 있는 중앙제어실로 잠입했다.

중앙제어실에는 총 네 명의 사내가 CCTV를 감시하며 번을 서고 있었다.

고양이는 자신의 발에 감춰 두었던 날카로운 발톱을 꺼내

들었다.

챙!

날카롭게 생긴 발톱의 끄트머리엔 뾰족한 침이 하나 달려 있었다. 그곳에선 전류가 흐르고 있었다.

이윽고 고양이가 푸른 안광을 내뿜자마자 발에 달려 있던 침이 날아가 네 사내의 목에 박혔다.

퍼억!

"어, 어억?!"

고양이는 순간적으로 자신의 몸에 축적되어 있는 마나를 전류로 바꾸어 방출했다.

그러자 사내들이 입에서 하얀 거품을 내뿜으며 쓰러졌다.

치지지지지직!

"어, 어허어어어억!"

일반 가정에서 사용하는 220V의 무려 열 배에 달하는 전류를 직통으로 맞은 사내들은 심정지로 사망하거나 정신을 잃기 시작했다. 그들이 모두 쓰러지는 것을 지켜본 고양이는 이내 자신의 발톱을 회수했다.

야오옹.

하지만 워낙 많은 전류를 사용해서 그런지 고양이는 몸을 비틀거렸다.

가까스로 중심을 잡으며 중앙제어장치에 도달한 고양이는 컴퓨터에 꼬리를 가져다 대었다. 그러자 꼬리는 USB 모양으로 변해 컴퓨터와 직접 연결되었다.

그렇게 이곳의 보안 시스템은 고양이에 의해 점령되어 한 번에 무너지고 말았다.

*   *   *

저택 외곽에 서서 쌍안경으로 상황을 지켜보고 있는 화수의 귓가에 찬미의 음성이 들려왔다.

―내부가 점령되었어요. 이제 모기 로봇으로 마취제를 투여할게요.

"네, 알겠습니다.

그녀의 말대로 모기들이 일제히 날아갔다. 잠시 후 저택 바깥을 지키고 있던 베네노아의 부하들이 일제히 쓰러지기 시작했다.

털썩.

―됐어요. 이제 돌입해도 됩니다.

"좋습니다. 지금 정문을 이용해 돌입하겠습니다."

화수는 곧장 전력으로 달려 정문을 통과하고 현관 앞에 멈춰 섰다.

"안의 상황은 어떻습니까?"

―지금부터는 제가 원격으로 길을 안내할게요. 문을 열면 바로 앞에 보이는 두 개의 방에 조직원이 세 명씩 나눠 들어

가 있어요. 일단 오른쪽 방부터 들어가세요. 그곳은 잠을 자기 위한 곳이니 제압하기 쉬울 거예요.

"알겠습니다."

끼이이익.

그는 찬미의 안내에 따라 현관문을 열고 정면의 오른쪽에 위치한 방으로 향했다.

"드르렁!"

삼단 침대에 나누어 자리를 잡은 사내들은 이미 깊은 잠에 빠져 있어 화수는 손쉽게 그들을 제압할 수 있었다.

화수는 재빨리 사내들의 목덜미에 마취제를 투여했다.

푸욱.

"으윽……."

"잘 자라."

전신마취에 사용되는 프로포폴이 들어갔으니 약 세 시간 동안은 잠에서 깨어나지 못할 것이다.

세 명의 사내에게 프로포폴을 투여한 화수는 곧장 왼쪽 방으로 향했다.

화수가 움직이자 동시에 찬미가 곧장 음성 안내를 시작했다.

—움직임으로 보아 포커를 치고 있어요. 문을 열자마자 한 놈이 있고 그 맞은편에 한 놈이 누워서 패를 잡고 있어요. 그리고 오른쪽에 한 놈이 있고요.

"알겠습니다."

화수는 주머니에서 마나코어에 마그네슘을 연결한 섬광탄을 꺼내 들었다.

일반적인 섬광탄은 마그네슘이 터지는 소리가 들리기 때문에 잘못하면 현장을 들킬 수 있었다.

하지만 마나코어가 달린 섬광탄은 마나가 마그네슘과 반응하여 소리가 거의 들리지 않기 때문에 안정적으로 적을 제압할 수 있었다.

그는 문을 빠끔히 열어 섬관탄을 투척했다.

또르르르르.

포커를 치고 있던 세 사람은 자신들 곁으로 다가온 길쭉한 막대를 바라보며 고개를 갸웃거렸다.

"으음? 이게 뭐지?"

잠시 후 그들은 마나섬광탄에 시야와 청각을 잃고 말았다.

파아앗!

삐이이이이.

"흐어어억……."

화수는 그로기 상태에 빠져버린 그들에게 달려들어 프로포폴을 투입했다.

푸욱.

"후우……."

마나섬광탄이 작동하면 약 10분쯤 무력 상태에 빠지게 되니 아마도 정신을 차릴 때엔 약이 온몸에 퍼져 몽롱한 상태로 잠들게 될 것이다.

화수가 곧장 문을 열자 그녀의 다급한 목소리가 들려왔다.

―스톱! 잠시만요.

그가 재빨리 문 뒤로 몸을 숨기자 곧이어 네 명의 사내가 방을 향해 걸어오는 소리가 들렸다.

뚜벅뚜벅!

'제기랄.'

하필이면 지금이 교대 시간인지 사내들은 한껏 들떠 있었다.

아마도 지금 이대로 마주친다면 내부에 있는 모든 조직원을 상대해야 할 것이다.

―제가 두 명을 저격할 테니 화수 씨가 두 명을 맡아줘요.

"알겠습니다."

맨손으로 이들을 제압한다면 분명 소리가 들릴 테니 마취총으로 제압해야 한다.

화수는 포켓에서 마취용 권총을 꺼낸 후 소음기를 장착했다.

그리곤 또 하나의 섬광탄을 꺼내어 투척할 준비를 했다.

―제가 신호하면 곧바로 섬광탄을 던지세요. 두 명은 제가 제압할 테니 나머지는 알아서 처리하시리라 믿어요.

"그렇게 하지요."

그는 구석에 쪼그려 앉아 대기하고 있다가 그녀의 신호에 따라 섬광탄을 굴렸다.

─지금이에요!

<u>또르르르르.</u>

피이잉, 펴엉!

"흐어어억……!"

귀가 멍멍해지고 성대 근육의 협착으로 목소리를 낼 수 없으니 아무런 행동도 할 수 없는 것은 당연했다.

화수는 두 사내에게 권총을 발사해 기절시켰고, 그녀는 정확히 나머지 두 명을 저격해 쓰러뜨렸다.

피융, 피융!

"커헉!"

"크윽!"

정확하게 두 사내를 쓰러뜨린 그녀는 계속해서 명령을 하달했다.

─계속해서 전진하시죠.

"알겠습니다."

화수는 그녀의 안내에 따라 움직이면서 어쩐지 오싹함을 느꼈다.

'잘해야겠군. 잘못하면…….'

목이 날아가는 것은 시간문제일 것이다.

*   *   *

이른 저녁, 베네노아는 창가에 서서 지는 해를 바라보고 있었다.

한 손에는 위스키 잔을 들고 있었다. 그는 이미 넉 잔째 마시고 있는 중이었다.

그는 술잔에 입을 댄 채 읊조렸다.

"네가 좋아하는 노을이다. 그때 사진이라도 많이 찍어둘 것을 그랬구나."

베네노아의 습관이자 하루 중 가장 많이 하는 일이지만, 아들을 향한 독백은 노을빛이 낄 때가 가장 길었다.

그의 아들은 노을을 무척이나 좋아했고, 이른 저녁이면 창가에 서서 이따금 노을을 바라보곤 했다.

밖에서 집으로 돌아오는 길엔 아들이 그 모습으로 자신을 반겼고, 베네노아는 그것을 하루 중 가장 큰 낙으로 삼았다.

하지만 지금은 아들의 마중을 받을 수 없게 되었다.

"…미안하구나. 지금쯤이면 너와 내가 함께 술을 마시며 땅거미 지는 것을 바라보았을 텐데."

그가 가장 마음이 아플 때는 바로 지금처럼 술을 마실 때였다.

만약 아들이 살아 있다면 함께 술 한잔 기울이면서 인생에 대해 얘기를 나누었을 것이다.

지금이 딱 인생의 과도기를 맞을 때이기에 아들에겐 아버지의 조언이 가장 많이 필요했다.

그는 조언을 해주면서 자신도 스스로 치유 받기를 원했다.

하지만 이제 다시는 그럴 수 없게 되었다.

꽈드드드득, 쨍그랑!

아들 생각에 자신도 모르게 손에 힘을 주자 잔이 깨지고 말았다.

"제기랄."

베네노아의 손에 유리 파편이 박혀 바닥으로 피가 쏟아졌다.

뚝뚝.

아마 지금쯤이면 부하들이 소리를 듣고 달려오고 있을 것이다.

그는 살며시 한숨을 내쉬었다.

"후우, 이것 참, 또 한 번 면목이 없게 되어버렸군."

부하들은 이런 그의 모습을 바라보며 같은 한숨을 내쉴 것이다.

그들에게 약한 모습을 보이는 것이 마뜩치 않았지만 이 또한 조직이 돌아가는 하나의 모습이니 어쩔 수 없었다.

조금 먹먹한 가슴을 안고 서 있던 그는 5분이 지나도록 부하들이 보이지 않자 의구심이 들었다.

"소리가 들리지 않았나?"

그는 자신의 목에 매어져 있는 넥타이를 풀어 유리 파편이 박힌 손을 대충 지혈하고 그대로 방문을 열었다.

"거기 누구⋯⋯."

바로 그때였다.

퍼억!

"크헉!"

상당히 묵직하면서도 날카로운 주먹이 그의 안면을 강타해 중심을 잃고 말았다.

'뭐, 뭐지, 이 엄청난 펀치는?'

그는 뒷골목 생활을 무려 40년 넘게 한 마피아 보스다.

고로 그는 수도 없는 싸움꾼을 보아왔고, 그들을 쓰러뜨리며 살아왔다.

하지만 단언컨대 이렇게 단단하고 빠른 주먹은 처음이었다.

안면을 한 대 맞은 것만으로 시야를 빼앗긴다는 것은 상당히 드문 일이다.

눈앞에 별이 번쩍인다는 느낌이 바로 이런 것일까 하는 생각이 들었다.

이윽고 그는 자신의 멱살을 쥔 상대가 하는 말을 똑똑히 들을 수 있었다.

"네가 베네노아냐?"

'청년?'

베네노아는 주위를 둘러보았다. 그러나 다른 조직원은 보

이지 않았다. 이는 곧 그 많은 조직원을 이 청년이 처리한 것
이라고밖에 볼 수 없었다.

거기다 청년의 몸에는 상처 하나 없이 멀쩡했다.

'괴물이군.

그는 자신의 인생에서 가장 큰 위기를 맞았음을 직감했다.

　　　　　*　　　　　*　　　　　*

화수는 펀치 한 방에 반쯤 기절해 버린 베네노아를 들쳐 메
고 고저택을 나와, 끌고 온 승합차에 그를 실었다.

그리곤 손과 발을 포박해 미리 마련해 둔 농장으로 향했다.

맨체스터엔 농장이 꽤 많았고, 그는 문초를 할 공간을 손쉽
게 마련할 수 있었다.

농장 창고에 베네노아를 처박아 버린 화수는 곧장 망치를
들이댔다.

"정신이 좀 드나?"

그는 자신의 바로 앞에 선 화수를 바라보며 실소를 흘렸다.

"정말 청년이군. 혼자서 그 많은 녀석을 잠재운 이가 바로
네놈이냐?"

"그렇다."

"대단하군. 이건 괴물이 다 있다니 참으로 오래 살고 볼 일
이군."

"후후, 좋은 구경을 했으니 그에 대한 값을 해야지?"

"값이라니? 돈을 원하는 건가?"

"아니다. 나는 아이를 원한다."

순간 그의 얼굴이 와락 일그러졌다.

"…다른 조직에서 보낸 이가 아닌가?"

"그랬다면 오히려 다행이지."

화수는 그의 새끼발가락을 망치로 찍었다.

퍼억!

"크허어어억!"

"자, 이제부터 게임을 시작하자고. 내가 원하는 대답이 나
오지 않을 때마다 망치로 네 신체 일부를 내려칠 것이고, 비
명을 지르면 또 다른 곳을 내려칠 것이다. 만약 그것이 싫다
면 사실대로 실토하면 된다."

"허억!"

"네가 납치한 아이는 지금 어디에 있나?"

베네노아는 날이 바짝 선 눈으로 화수를 노려보았다.

"…죽고 싶은 것인가? 내가 누구인 줄 알고 이딴 짓거리를
하는 것이야!"

"썩어도 준치라더니 괜히 한 조직의 수장이 아닌 모양이군."

이윽고 화수는 그의 정강이뼈를 망치로 내려쳤다.

빠악!

"크아아아악!"

"내가 원하는 대답이 아니야. 고로 맞아야겠어. 그리고 소리를 질렀으니 한 대 더 맞아야겠지?"

"이런 개새끼!"

"아무래도 순순히 불 생각은 없는 모양이군."

화수는 이를 바득바득 가는 베네노아의 왼쪽 새끼발가락을 망치로 내려쳤다.

퍼억!

"크아아아아아악!"

새끼발가락이 골절되면서 뼈가 밖으로 튀어나왔고, 찬미는 더 이상 보기 힘든 듯 고개를 돌렸다.

이미 베네노아는 제정신이 아니었지만 화수는 계속해서 그에게 대답을 요구했다.

"말해. 아이는 지금 어디에 있나?"

"…죽여라! 내장을 다 파내서 줄넘기를 해봐라! 나는 끝까지 실토하지 않을 것이다!"

"이런 독종을 보았나?"

화수는 다시 한 번 그의 정강이뼈를 내려쳤고, 베네노아는 정신을 잃고 말았다.

2장

지독한 부성애

피 냄새가 진동하고 있는 헛간.

베네노아는 화수가 뿌린 냉수에 불현듯 정신을 차렸다.

촤락!

"크헉!"

그는 아직도 손과 발이 꽁꽁 묶인 상태였다. 화수는 그의 눈앞에 망치를 들이밀었다.

"이대로 정신을 놓으면 쓰나? 나는 정말로 네놈의 내장을 파내서 줄넘기를 할 참이다."

"개자식!"

"자, 그럼 내장을 파내기 전에 마지막으로 묻지."

베네노아는 대답 대신 화수의 얼굴에 침을 뱉었다.

"퉤! 더러운 새끼! 차라리 나를 그냥 죽여라!"

"…질기고도 질긴 놈이군."

"하지만 이것 하나만은 확실히 알아둬라. 네가 나를 죽이지 않아도 나는 죽을 것이며, 내가 죽는다면 아이는 영영 찾지 못할 것이다."

"뭐라?"

"크크크! 지금쯤 그 아이는 늙은 변태에게 팔려가는 중일 게다. 아마 평생 동안 추악한 늙은이에게 끝도 없이 유린당하다 늙은이가 죽으면 사창가에 버려져 걸레보다 못한 삶을 살아가겠지."

"…이런 개새끼가!"

화수에게 멱살을 잡힌 베네노아는 광소를 터뜨렸다.

"크하하하하! 그래도 그게 어디인가?! 내 아들은 피어보지도 못하고 토막이 나서 죽었다! 그나마 그 여자아이는 더러운 인생이나마 살아갈 것이 아닌가?!"

순간 화수는 그의 눈동자에서 광기 어린 눈물을 보았다.

'비뚤어진 부성애군.'

그는 자신의 목숨과 아들의 복수를 바꿀 생각으로 이 일을 감행했던 것이다.

아마도 처음부터 그는 아이를 사창가에 팔아넘기고 자살할 생각이었던 모양이다.

"죽여라. 어차피 네가 죽이지 않아도 나는 자살할 것이다. 혀를 깨물고 죽든 땅바닥에 머리를 찧고 죽든 어떤 수를 써서라도 죽을 것이란 말이다."

"독한 놈이군."

"어서 죽여라!"

화수는 그의 눈빛에서 진심을 느꼈다.

"안 되겠어."

그는 독기 어린 눈빛으로 포효하듯 외치는 베네노아의 목덜미에 마취약을 투여했다.

푸욱.

"크으으윽……."

악에 찬 목소리로 고래고래 소리를 지르던 베네노아가 정신을 잃자 화수는 자신을 따라온 찬미에게 말했다.

"수술을 해야 할 것 같습니다."

"수술이라니요?"

"마도병기로 만들어서 이성을 제어한다면 아이의 목숨을 살릴 수 있어요."

순간 그녀가 눈살을 찌푸렸다.

"그렇다고 사람을 꼭두각시로 만들자고요?"

"어차피 목숨을 끊을 놈이었습니다. 지금 이놈을 꼭두각시로 만든다면 두 사람의 목숨을 구하는 셈이죠. 아니, 어쩌면 세 사람의 목숨을 구하는 것이 됩니다."

"하지만……."

"시간이 없어요. 지금 놈을 마도병기화하지 않으면 모든 것이 수포로 돌아가고 말아요."

그녀 역시 지금 화수가 주장하는 것이 가장 좋은 방법임을 너무나도 잘 알고 있었다.

하지만 순수한 마도병기는 감각과 고통, 심지어는 슬픔과 기쁨 같은 감정까지 잃기에 그 이후의 삶이 어떻게 흘러갈지도 알고 있었다.

"살아도 산목숨이 아닐 거예요."

"뇌에 미치는 영향에 대해선 제가 책임지고 고쳐놓겠습니다. 당신도 지금 정상적인 삶을 살고 있지 않습니까?"

"그거야 애초에 뇌에는 영향이 미치지 않도록 시술했기 때문이잖아요? 만약 뇌에 영향을 미친 상태에서 감정을 되돌리게 된다면……."

"죽지 않도록 하겠습니다."

화수는 고심하는 그녀를 뒤로한 채 수술을 감행하기로 했다.

"도와주지 않는다면 저 혼자라도 하겠습니다."

슈트케이스를 열어 마나코어를 꺼내고 심장의 절반을 적출할 준비를 하는 화수를 바라보던 찬미가 그의 손을 붙잡았다.

"같이해요. 수술은 제가 거들게요."

"그래주시겠습니까?"

"대신 이 사람을 죽이지 않겠다고 약속해요."

"물론입니다. 저는 사람을 살리기 위해 이 일을 하는 겁니다. 다른 목적은 없어요."

"후우, 좋아요. 그럼 수술 시작하죠."

두 사람은 마나코어로 만든 제독기로 주변을 소독한 후 곧바로 수술에 들어갔다.

*　　　　*　　　　*

케이프타운에서 신디의 집을 점령한 괴한들에게 받은 정보를 토대로 노예경매장을 찾아 프랑스로 온 로이드와 리처드는 무작정 파리로 향했다.

프랑스와 센 강이라는 단서만 가지고 무작정 이곳으로 온 두 사람은 파리부터 샅샅이 뒤질 생각이었다.

우선 그들은 뒷골목을 이용해 정보를 사기로 했다.

노예상을 하는 사람들은 대부분 매춘과 연결되어 있다. 그들은 노예 경매를 통해 성노를 팔고 다시 싼값에 그녀들을 되사기 때문이다.

불특정 다수의 여자를 잡아다 경매로 넘기고 다시 사들여 매춘을 시키는 악순환의 고리는 아직도 파리 시내에서 버젓이 자행되고 있었다.

만약 마피아의 손에서 벗어나려 해도 그들의 보복이 두렵기 때문에 다시 매음굴로 돌아올 수밖에 없었다.

　즉 그녀들은 마피아의 손아귀에서 벗어날 자신이 없기 때문에 죽을 때까지 매춘을 하는 것이다.

　로이드는 자신이 아는 매춘부 포주를 찾아갔다.

　그는 파리 뒷골목에서 여자들을 팔아먹고 그녀들에게 마약을 제공해 이중으로 돈을 버는 악질 중의 악질이었다.

　조금 오래된 기억이지만 로이드는 그를 더러운 쓰레기로 기억하고 있었다.

　"때려죽이고 싶어도 좀 참아."

　"그렇게까지 쓰레기야?"

　"보면 알아."

　리처드는 그를 따라 프랑스 파리의 한 뒷골목으로 들어섰다.

　그곳에는 약에 취한 여성들이 지나가는 남자들을 유혹하고 있었다.

　"어이, 거기 잘생긴 청년들! 싸게 해줄 테니까 놀다 가요!"

　"내가 잘해줄게!"

　가슴골이 훤히 보이는 야한 옷을 걸친 그녀들은 끈적끈적한 몸짓으로 리처드를 유혹했다.

　그녀들을 떨쳐내며 골목길을 걸어가던 두 사람은 이내 한 무리의 마피아와 마주쳤다.

"어디서 온 뜨내기인지 모르겠지만, 이곳으로 온 이상 돈은 내고 가야 해."

"어째서 그렇지?"

"방금 전에 저 여자들이 너에게 손을 대지 않았나? 그것도 매춘으로 들어가니 접촉한 것에 대한 대가를 치러야 하지 않겠나?"

리처드는 실소를 흘렸다.

"별 해괴망측한 법이 다 있군."

"큭큭! 만약 그게 마음에 들지 않는다면 저 여자와 제대로 자고 돈을 지불하든가."

살결만 스쳐도 돈을 뜯으려고 하는데 만약 잠자리까지 갖는다면 얼마를 뜯어낼지 상상조차 할 수 없었다.

리처드가 로이드를 바라보며 물었다.

"이놈들인가?"

"아마도."

그는 품속에서 나이프를 꺼내 들며 말했다.

스릉!

"돈은 줄 수 있다. 하지만 내가 준 돈만큼 네놈들의 사지를 잘라내야겠어."

"큭큭! 미친놈이군. 뭐가 어째? 사지를 어떻게……."

서걱!

"크아아아아악!"

"말이 많군."

"저, 저런 미친 새끼를 보았나?!"

리처드는 평생을 어둠 속에서 살아온 사람이다.

그는 결코 말이 긴 타입이 아니었으며, 자신과 말을 섞어 한 마디 이상 엇나간다면 절대로 참을 수 없는 성격을 가졌다.

더군다나 그런 그에게 비정상적인 이유로 다가와 시비를 건다면 더 말할 필요가 없었다.

또한 그는 시비를 걸어오면 말 대신 행동으로 보여주는 행동파였다.

덩치 큰 사내의 아킬레스건을 끊어버린 그는 곧장 그 옆에 있는 사내의 어깨에 나이프를 찔러 넣었다.

푸욱!

"크억!"

그리곤 일자로 나이프를 그어버렸다.

좌라라라라락!

"끄아아악! 끄아아아아악!"

뼈와 근육이 통째로 보일 정도로 깊은 상처를 낸 리처드는 곧바로 몸을 날려 다음 사내의 얼굴에 나이프를 들이댔다.

"그만, 그만하지!"

순간 들린 소리에 리처드의 고개가 소리의 근원지를 따라 돌아갔다.

"넌 또 뭐야?"

"내 부하들을 이렇게 만들다니, 간이 배 밖으로 튀어나온 놈이군."

얼굴에 커다란 상처가 있는 사내가 두 사람에게 다가왔다.

"용건이 뭐냐?"

로이드는 그런 그를 바라보며 손을 흔들었다.

"어이, 오랜만이군."

"설마 로이드? 청방에서 왔는가?"

"아니다. 개인적인 용무로 왔어."

"개인적인 용무로 와서 이렇게 피바다를 만들어도 되는 건가?"

"이놈들이 먼저 시비를 걸었다. 가만히 앉아서 당할 수는 없는 것 아닌가?"

"아무리 그래도 이건 좀……."

로이드는 실소를 흘렸다.

"어중이떠중이들이 블랙에게 도전하니 이런 참사가 벌어지는 것이지."

"블랙?"

"그래, 이 사내가 바로 청방 최고의 살수이던 블랙이다."

리처드의 악명은 생각보다 더 대단해서 뒷골목에서 마약을 거래하는 사람들이라면 한 번쯤 그 이름을 들어봤을 정도였다.

그제야 그는 이 상황이 이해간다는 듯이 고개를 끄덕인다.

"이런, 우리가 실수했군. 내 부하들이 사람 보는 눈이 없는 모양이야."

"보, 보스, 저놈들을 그냥 내버려 두실 겁니까?!"

노발대발하는 부하들에게 그는 와락 인상을 구기며 말했다.

"지금 이 자리에서 다 죽고 싶지 않으면 그냥 입 닥치고 있어라."

"하, 하지만……."

"…닥치라고 했다!"

목표한 상대는 대통령이라도 반드시 죽이고 만다는 블랙의 악명을 한 번이라도 들어본 사람이라면 절대 그를 적으로 돌리고 싶지 않을 것이다.

로이드는 슬그머니 미소를 지었다.

"어때? 이제야 좀 판이 제대로 돌아가는 것 같지 않아?"

리처드가 와락 인상을 구겼다.

"너 이 자식, 일부러 이런 거지?"

"큭큭, 잘 아네."

"쳇!"

로이드가 블랙과 절친한 사이라는 것은 알 만한 사람은 다 아는 사실이었다.

사내는 뭔가 아차 싶다는 듯이 말했다.

"로이드를 진즉 발견했다면 이런 일이 없었을 텐데…….
아무튼 우리가 실례가 많았군."

"아니, 간만에 이 친구도 몸을 풀어서 좋았을 거야. 요즘
새로운 보스 밑에서 일하느라 사람을 찌를 일이 별로 없거
든."

"보스?"

"우리가 형님으로 모시는 분이 계시다. 그분께서 무분별한
살생은 금하셨어. 그 덕분에 저놈들이 구사일생으로 목숨을
건진 것이다. 그렇지 않았다면 벌써 저놈들은 다 죽은 목숨이
었을 거야."

사내는 별수 없다는 듯이 씁쓸한 표정으로 입맛을 다셨다.

"쩝, 그런 것이었군."

그는 부하들에게 현장을 수습할 것을 명령했다.

"다친 놈들은 병원으로 옮겨라."

"예, 보스!"

이윽고 조직원들이 사라지자 사내가 리처드에게 악수를
청했다.

"반갑네. 나는 앙리라고 하네."

"리처드다."

"자네가 그 유명한 블랙이었군. 언젠간 한 번쯤 만나보고
싶어서……."

"…용건만 간단히 하지."

워낙 붙임성이 없는 리처드이기 때문에 로이드는 이런 상황을 이미 예상하고 있던 모양이다.

그는 기다렸다는 듯이 본론을 꺼냈다.

"프랑스에서 노예 경매가 열린다고 들었네. 어디인지 알수 있겠나?"

"…있긴 있지."

일그러진 표정의 그를 바라보던 로이드가 리처드의 옆구리를 쿡쿡 찔렀다.

"뭐야? 왜 그래?"

"…체면을 살려줘야 정보를 얻을 것 아니냐?"

"쳇, 뭐가 이렇게 복잡해? 그냥 모가지를 따면……."

"…리처드, 일을 망칠 셈이야?"

"거참, 말 많은 놈이군. 지가 무슨 여자도 아니고……."

"리처드!"

그제야 리처드가 똥 씹은 표정으로 악수를 했다.

"험험, 리처드다. 남들은 나를 블랙이라고 부르더군. 이름도 성도 모르고 밤에만 돌아다닌다고. 나는 낮에 움직이는데 말이지."

"그렇군. 그래서 그런 별명이 붙은 것이었어."

"…그렇다고 하더군."

"후후, 영광이야. 본인에게 이런 이야기를 직접 듣다니 말이야."

"영광은 무슨……."

"아무튼 친하게 지내자고. 요즘은 본업도 접지 않았지? 가끔 얼굴이나 보면서 살자고."

"그러든지."

아까부터 자신을 무시한다고 생각하는 바람에 기분이 나빠 있던 그가 금세 표정을 폈다.

"노예 경매라……. 물건이 필요한 건가?"

"유명한 곳이 있다고 들었어. 우리가 찾는 사람이 있어서 말이야."

"오늘 경매가 열린다고 하던가?"

"아마도."

"그렇다면 파리에선 한 곳뿐이야. 센 강 투어 유람선에서 파티가 열리는데 그곳에서 경매가 열려. 경매는 유럽 전역에 흐르는 강에서만 이뤄져. 그래야 경찰에 적발되어도 클라이언트들이 도망갈 퇴로가 많아지거든."

리처드는 그런 말도 안 되는 경매가 실제로 존재한다는 사실에 경악했다.

"진짜 그런 식으로 사람을 사고판단 말인가?"

"진짜냐니, 없어서 못 팔 지경이구먼. 요즘엔 고객들의 수요도 많고 원하는 스타일도 다양해져서 물건을 구하는 데 꽤나 애를 먹고 있다고."

"그렇다면 그 여자들은 어디서 오는 것인가?"

"세계 각지에서 데리고 오지. 때론 사창가에서 사오기도 하는데, 그런 여자들은 값이 별로 안 나가. 자고로 경매에 나오는 물건들은 남자의 손이 많이 안 탄 것들이 잘 팔려. 값도 많이 받을 수 있고."

"…만약 거기서 안 팔린다면?"

"조금 더 낮은 판으로 보내거나 아예 통나무 장사꾼에게 팔 수도 있어. 뭐, 대부분의 장사꾼이 통나무로 팔아먹는 실정이라고 할 수 있겠군."

"그 편이 돈을 더 많이 받기 때문에?"

"말이 잘 통하는군. 어때, 내가 다리를 놓아줄 테니 함께 장사를 해보겠나?"

순간 리처드가 자신의 허리춤에 매달려 있던 단도를 꺼내어 앙리를 향해 집어 던졌다.

퍽!

"허억!"

그의 머리 뒤편 벽에 날아가 박힌 단도를 바라보며 앙리가 외쳤다.

"이, 이게 무슨 짓인가?!"

"…사람 팔아먹는 것이 자랑인가? 네놈과 함께 동업하게!"

"그, 그럼……."

"다시 한 번 내 눈에 띄면 죽어서도 죽지 못하는 처지가 될 것이다. 알아들었나?"

뒷골목에서 블랙의 살생부에 들어가 살아남은 사람이 없다는 소문은 상당히 유명했다.

앙리는 순순히 고개를 끄덕였다.

"아, 알겠다."

"그리고 또 하나, 만약 내게 거짓말을 한 것이라면 너를 비롯해 네 조직원들까지 다 죽여 버릴 것이다. 또한 그 가족들은 물론이고 친구들까지 살아남지 못할 것이야. 알아들었나?"

꿀꺽!

리처드의 살기에 얼어붙은 앙리가 급히 고개를 끄덕였다.

"아, 알겠다."

로이드는 실소를 흘리며 리처드를 만류했다.

"어허, 그만. 시간도 없는데 왜 괜히 애먼 사람을 잡아?"

"애먼 사람을 잡다니, 할 일을 한 것뿐인데."

"후후, 정의의 사도는 나중에 해먹고 지금은 아이를 찾아가자고."

"알겠어."

로이드가 미쳐 날뛰려는 리처드의 팔을 붙잡고 골목을 빠져나가자 앙리는 그 자리에 털썩 주저앉고 말았다.

"허억! 그 새끼 아주 물건이군."

앙리는 어째서 천하의 청방이 그를 제1의 살수로 인정했는지 알 것 같았다.

그리고 다시는 그와 마주치지 않기만을 기도했다.

*　　　　*　　　　*

쏴아아아아!

며칠째 추적추적 비가 내리고 있는 맨체스터의 한 시골 마을.

"으윽!"

이곳에 위치한 허름한 헛간에서 눈을 뜬 베네노아는 선명하게 수술 자국이 남아 있는 자신의 왼쪽 가슴을 어루만졌다.

"이건……."

자신이 쓰려져 기억을 잃은 것까진 생각이 나는데 도대체 이곳에 왜 이곳에 누워 있는지는 전혀 기억이 나지 않았다.

"나는……."

이윽고 헛간 문이 열리며 화수가 모습을 드러냈다.

"일어났나?"

"당신은……."

"당분간 너의 주인으로 군림하게 될 사람이지."

순간 그의 머릿속에서 화수를 주인으로 인식하기 시작했다.

"그렇군요."

"눈을 떴으니 이제 슬슬 움직이자고. 시간이 얼마 남지 않았어."

"예, 알겠습니다."

그는 기계적으로 화수의 말을 들었다. 그것은 뇌에서 거부 반응을 일으키기도 전에 몸이 먼저 움직인 탓이었다.

불과 몇 시간 전까지만 해도 화수를 철천지원수처럼 여기던 그의 태도가 이렇게까지 바뀐 것은 바로 그가 마도병기로 거듭났기 때문이다.

"이제부터 제가 뭘 하면 되겠습니까?"

"네가 사창가로 팔아먹은 아이를 살려야겠다."

"…그년의 딸 말입니까?"

아직도 그의 비뚤어진 부성애는 여전이 남아 있는지 그녀에 대한 분노가 표출되려 했다.

화수는 그런 그의 분노를 누그러뜨려 놓아야겠다고 생각했다.

"내 말 잘 듣도록."

"말씀하시죠."

"네가 원망해야 할 사람은 그녀가 아니다. 물론 그녀의 아버지도 아니지."

"…그게 무슨 말씀이신지요?"

"10년 전 네 아들이 죽은 것은 두 사람 탓이 아니라는 소리다."

"그렇다면……."

"이 남자를 아나?"

사진 속의 인물은 안젤라의 양오빠인 덴이었다.

"이 사람은 덴이라는 남자입니다. 저와는 공생관계에 있지
요."

"그래, 이놈은 너와 손을 잡고 카린슨의 딸을 괴롭히고 있
었지. 하지만 말이야, 사실은 덴 카린슨이 너와 스튜의 사이
를 갈라놓고 네 아들까지 죽였다. 물증도 있고 증인도 있어."

"그, 그게 무슨……."

화수는 그에게 백금으로 만든 팔찌와 목걸이가 나온 사진
을 보여주었다.

"아마도 네 아들이 차고 다니던 장신구일 것이다. 맞나?"

"마, 맞습니다. 이걸 어떻게……."

"덴의 내연녀이던 한 여자가 살해 현장에서 발견한 것이
지. 그녀의 말에 의하면 산 채로 죽였을 가능성이 높다고 하
더군."

"…제 아들이 산 채로 죽었단 말입니까?"

"그는 제정신이 아니야. 내연녀이던 그녀를 죽이지 않은
것이 다행일 정도지."

화수는 그에게 사진을 건네며 물었다.

"지금이라도 아들의 원한을 제대로 갚고 싶지 않나?"

"방법이 있습니까?"

"일단 아이를 살려. 그렇게 된다면 내가 아들의 복수를 제

대로 할 수 있는 기회를 주겠어."

그는 고개를 끄덕였다.

"알겠습니다. 일단 조직원들과 통화를 해야겠습니다."

"번호를 아나?"

"제 직속부하의 전화번호를 압니다. 그놈을 통한다면 충분히 아이를 빼낼 수 있을 겁니다."

"알겠다."

이윽고 그는 화수의 핸드폰으로 부하에게 전화를 걸었다.

"나다. 아이를 풀어줘."

화수는 이제 곧 일이 풀릴 것으로 예상했다.

하지만 이내 그의 예상은 빗나가고 말았다.

"…문제가 생겼습니다."

"무슨 일이지?"

"벌써 아이가 팔려갔답니다."

"뭐, 뭐라고?!"

"아무래도 부하들을 동원해서 아이를 찾아야 할 것 같습니다."

"아이는 어디로 갔다던가?"

"이탈리아로 팔려갔답니다."

"제기랄!"

화수는 서둘러 리처드에게 전화를 걸었다.

＊　　　＊　　　＊

　파리를 가로지르는 센 강 하구에 위치한 선착장에 서서 리처드는 심각한 표정으로 화수의 전화를 받았다.
　"…아이가 팔려갔다니요?"
　—이탈리아의 어느 부호에게 팔려갔다는군.
　"정확한 소재는요?"
　—알 수가 없다. 아무래도 배로 돌입해서 소재를 파악하는 편이 빠르겠어.
　"그 편이 좋을 것 같습니다."
　—그럼 둘이 배로 잠입하고…….
　"아닙니다. 그럼 너무 늦어요. 제가 배에 잠입해서 팔려간 곳을 알아내겠습니다. 그러는 동안 로이드가 이탈리아로 가면 되겠지요."
　—가능하다면 그것이 좋겠군.
　"형님께선 그놈의 조직원들을 동원해서 만일의 사태에 대비해 주십시오. 무지막지한 돈을 주고 산 성노를 그냥 빼앗기려 하지는 않을 테니까요."
　—알겠다.
　이내 전화를 끊은 리처드는 곧장 유람선에 탑승했다.
　초호화 유람선인 경매장은 초대장이 없이는 승선할 수 없는 시스템인 듯했다.

그는 자신의 곁을 스쳐 지나가는 사내를 붙잡았다.

"어, 사장님?"

이곳의 절반은 사업가가 틀림없었다.

그러니 아무나 붙잡아도 두 명 중 한 명은 반드시 사장이라는 소리다.

"누구?"

"접니다. 마이클."

"마이클?"

"저번에 영국에서 한 번 뵙고 인사를 드렸는데요."

사내는 고개를 갸웃거렸지만 리처드는 넉살 좋게 그에게 악수를 청했다.

여전히 사내는 리처드의 얼굴이 떠오르지 않았지만 그저 자신이 기억하지 못하는가 싶었다.

"그래, 마이클! 그래그래. 그런데 자네가 여긴 어쩐 일인가?"

"비즈니스 차 왔는데 초대장을 깜빡했지 뭡니까?"

"그래? 어쩌다가……."

"영국에서 중요한 접대를 마치고 물건을 구하러 오는 길에 깜빡 지갑을 잃어버렸지 뭡니까?"

"그렇군."

"안 그래도 무슨 면목으로 돌아가나 싶은 찰나에 사장님을 만났으니 이 얼마나 다행입니까?"

"하하, 그렇군. 함께 들어가지. 어차피 서로 좋은 것이 좋은 것 아니겠는가?"

"그렇지요? 괜찮은 물건이 있다면 밀어드리겠습니다. 상부에서 자금이 꽤 짭짤하게 들어와서 말입니다."

리처드는 은색 슈트케이스에 무기명 채권을 가득 채워왔는데, 그것을 보여주자 그는 눈을 번쩍 떴다.

"오호, 요즘 경기가 호황인 모양이지?"

"하하, 그럴 리가 있습니까? 그냥 죽기 싫어서 발버둥을 치는 것이지요."

"에이, 그러긴가? 발버둥이라기엔 접대비가 너무 높은데?"

"그냥 그러려니 해주십시오. 저도 먹고살아야지요."

"알겠네. 일단 들어가지."

이름도 성도 모르는 그와 함께 유람선 입구에 선 리처드는 관리인의 제지를 받았다.

"입장권을 보여주시지요."

아무개 사업가는 그에게 짜증내듯 말했다.

"이 사람 좀 보게. 지금 우리가 어떤 사람들인 줄 알고 이러는 건가?"

"그건……."

"요즘은 경매장에서 돈을 다 마다하는군. 이렇게 큰 현금을 가지고 온 사람을 그냥 돌려보내나?"

경비원은 은색 슈트케이스 안에 든 물건을 확인하곤 이내

고개를 끄덕였다. 게다가 사업가가 보증까지 섰으니 문제가
되면 자신의 책임은 아니라고 생각한 탓이다.

"죄송합니다. 제가 생각이 짧았습니다."

"후후, 그렇지?"

그는 리처드를 안으로 안내했다.

"함께 가시지요. 제가 자리를 안내하겠습니다."

"가실까요?"

"그러세."

이윽고 세 사람은 유람선 깊은 곳을 향해 걸어갔다.

*   *   *

프랑스에서 이탈리아로 향하는 비행기 안.

로이드는 화수의 전화를 받고 있었다.

—배를 타고 이동했다니 일단 연안에서 대기하는 것으로
하지.

"연안이라……. 대략적으로 어떤 부호에게 팔렸는지도 알
수 없답니까?"

—지금 수소문하고 있긴 한데 어지간해선 꼬리를 잡기 힘
들 것 같아.

"으음."

—리처드가 잠입에 성공했다니 조금만 기다려 보지.

"예, 알겠습니다. 그럼 저는 연안 쪽을 뒤져 보겠습니다."

―그래, 알았다. 다른 소식이 들려오면 곧바로 연락 줄게.

"예, 형님."

전화를 끊은 로이드는 이탈리아에 있는 뒷골목 뚜쟁이에게 전화를 걸었다.

―오랜만이군.

"잘 지냈나? 한 5년 만에 통화하는 것 같군."

―소식은 들었다. 조직에서 나왔다면서?

"거처를 옮겼어. 범단 일은 그만뒀고."

―후후, 천하의 로이드가 손을 씻었다? 세상 참 오래 살고 볼 일이군.

"사람은 다 변하게 마련이지."

―그건 그렇고, 나에게 전화를 한 용건은?

"단도직입적으로 말하겠다. 무기와 장비를 좀 구하고 싶다."

―무기?

"누군가를 좀 구해야 하거든."

―돈은?

"이미 준비해 두었다."

―후후, 역시 로이드는 빨라서 좋단 말이지.

"언제까지 구해줄 수 있겠나?"

―지금 어디에 있나?

"프랑스에서 비행기를 타고 막 떠나는 중이다."

―도착할 때쯤이면 마련되어 있겠군. 연락이나 달라고.

"알겠다."

그는 비록 마약 장사를 하던 때 만난 무기밀매상이지만 의리 하나는 보증할 수 있는 사람이었다.

로이드는 지금까지 꽤나 두터운 인맥을 형성하고 있었는데, 그 인맥이 빛을 발하는 모양이다.

3장
정리

　파리에서 열리는 노예 경매 현장은 그야말로 경악 그 자체였다.

　노예상은 10세부터 20세까지 기준에 합당한 미모와 처녀성을 가진 여자들을 잡아다 전시용 유리관에 넣어놓았다.

　그리고 그녀들에게 마약을 주사하여 계속하여 몽롱한 상태가 유지되도록 했다.

　노예상을 찾는 이들의 대부분은 자신의 성적 취향을 충족시키기 위해서였다.

　한마디로 죽을 때까지 노리개처럼 가지고 놀 여자를 돈을 주고 사가는 것이다.

그런데 문제는 이 여자들을 데리고 올 때 합법적인 방법을 동원하는 경우가 거의 없다는 것이었다.

어려서 세상 물정 모르는 아이들을 납치해 감금시키고 철저히 성노리개로 키워서 종국에는 인생을 파탄지경으로 몰아넣었다.

리처드는 경매장에 들어서면서부터 속으로 이를 갈았다.

'완전히 개새끼들뿐이군. 도대체 어떻게 하면 이렇게 말도 안 되는 일이 버젓이 일어나고 있는 것이지?'

나름대로 인간 이하의 짓을 일삼고 살아왔다고 생각하는 리처드지만 이들이 벌이고 있는 짓거리에 비하면 양반이었다.

최소한 그는 사람을 죽이면 죽였지 여자를 납치해 팔아먹어 본 적은 없기 때문이다.

리처드의 곁에 앉은 사업가는 아까부터 연신 미소를 짓고 있었다.

"으흐흐, 잘하면 오늘 물건을 건질 수 있겠어. 삼삼한 영계들이 대거 잡혔다고 하더군."

"…그렇군요."

요즘 세상엔 사람을 납치해서 장기를 팔아먹는 경우가 허다하다고 하지만 설마하니 이렇게까지 노골적인 노예경매장이 있을 줄은 꿈에도 몰랐던 리처드다.

그는 적당히 이곳의 분위기에 맞춰 경매에 참여하다 자리에서 일어섰다.

"배가 고파서 식당에 좀 가봐야겠습니다."

"응? 이제 막 2차 경매가 시작되는데?"

"시간은 많잖습니까? 어차피 1차를 놓쳤으니 천천히 참가해도 괜찮습니다."

"그렇군. 그럼 그렇게 하게."

리처드는 슈트케이스를 그에게 건넨다.

"혹시나 돈이 모자라시면 쓰십시오."

"오오, 고맙네!"

어차피 슈트케이스에 든 무기명채권은 복사된 가짜이기에 버려도 상관없었다.

그는 자리에서 일어나자마자 배의 선미를 향해 전진했다.

대부분 배의 중앙제어실은 선미에 위치해 있기 때문에 이곳을 점령하면 오늘 노예가 어떻게 팔렸는지 알아낼 수 있을 것이다.

식당이 위치한 곳과 반대 방향으로 걸어간 그는 이정표를 따라서 이동했다.

〈중앙제어실-관계자 외 출입 금지〉

"이쪽이군."

그는 중앙제어실에 들어서면서 검은색 마스크를 뒤집어 썼다.

만약 얼굴이 알려져 공공의 적이 되는 일만은 막아야 했다.

잠시 후, 그는 중앙제어실 문 앞에 도착했다.

문에는 비밀번호를 입력하는 도어록 시스템이 부착되어 있고, 이것을 뚫어야 안으로 진입할 수 있을 듯했다.

삐비비비비빅.

[비밀번호 오류입니다.]

"제기랄."

비밀번호를 모르니 아무래도 다른 방법을 이용해야 할 것 같다.

그는 곧장 발길을 돌려 화장실로 향했다.

화장실에 달려 있는 환풍기는 대부분 배 전체를 아우르는 환풍구와 연결되어 있다.

리처드는 환풍구를 통해 중앙제어실로 침투하려는 심산이었다. 그는 화장실 변기를 밟고 천장으로 올라가 환풍구의 입구를 열었다.

끼이이익.

주변에 아무도 없다는 것을 확인한 그는 재빨리 몸을 날려 환풍구로 뛰어들었다.

팟!

"쿨럭쿨럭!"

하지만 막상 환풍구 안으로 들어와 보니 먼지와 그을음이 엄청나게 끼어 있었다.

"…거참, 청소 좀 제대로 할 것이지."

어차피 노예 경매를 위해 만들어진 유람선이 제대로 관리되고 있을 리 만무했다.

그는 자신이 올라온 환풍구의 문을 다시 닫고 천천히 중앙 제어실을 향해 이동하기 시작했다.

쿵쿵쿵.

리처드는 잘못하면 천장에 이상한 소리가 난다는 제보가 들어갈 수도 있기에 만전을 기해 기어갔다.

그 때문에 오랜 시간이 걸리긴 했지만 먼지도 덜 먹고 비교적 안전하게 목적지에 도착할 수 있었다.

"후우, 하마터면 질식사할 뻔했네."

사람이 원활하게 숨을 쉴 수 있도록 만들어놓은 환풍구 안에서 질식사를 상상하다니 참으로 아이러니하다.

그는 이 상황이 웃겨 실소를 지었다.

"훗, 세상은 참 재미있단 말이지."

리처드는 어려서부터 극한의 상황에 닥치면 모든 것을 유희적으로 생각하는 버릇이 있었다.

그래서 그 어린 나이에 사람을 죽였을 때도 비교적 태연하게 버틸 수 있었다.

만약 그런 훈련이 없었더라면 지금쯤 분명 거리의 부랑자가 되었거나 일찌감치 죽었을지도 모른다.

그는 연신 실소를 흘리며 아래를 내려다보았다.

"으음, 역시 이곳은 비교적 한가하군."

중앙제어실은 어지간한 일이 터지지 않는 한 적은 인원이
돌아가면서 근무를 선다.

덕분에 지금 이곳은 잠입하기에 가장 좋은 여건을 갖추고
있었다.

"좋아, 한번 들어가 볼까?"

그는 환풍구 양면에 발을 붙인 후 거꾸로 서서 권총을 꺼내
들었다.

철컥.

그리곤 소음기를 장착해 중앙제어실에 있는 사내 둘을 차
례대로 쏘았다.

핑핑!

"크헉!"

"컥!"

단박에 숨통을 끊어버린 그는 재빨리 달려가 중앙제어실
에 있는 컴퓨터 앞에 앉았다.

이곳에는 분명 오늘 팔려간 노예들의 내역이 남아 있을 것
이다.

그래야 나중에 다시 사들일 때 값을 제대로 깎을 수 있기
때문이다.

중앙컴퓨터를 뒤지던 그는 오늘 팔려간 노예 리스트를 확

보했다.

[금일 노예 출납.]

"빙고!"

그는 자신의 스마트폰에 명단을 복사하여 전송하고 이어 즉시 그것을 화수와 로이드에게 전송했다.

그리곤 두 사람에게 문자를 보냈다.

[상황 종료. 경찰을 불러 마무리하겠음]

리처드는 CCTV를 확인하면서 경찰에 전화를 걸었다.

―예, 경찰입니다. 무엇을 도와드릴까요?

"노예 경매가 이뤄지는 곳이 있어서 제보를 좀 하려고요."

―네? 뭐가 어째요?

"이메일 주소를 불러주신다면 제가 노예 경매가 어떻게 이뤄지는지에 대한 자료를 넘겨드리겠습니다."

―이 사람이 지금 뭐라는 거야? 자꾸 이러시면…….

로이드는 자신의 전화번호로 된 아이디를 이용해 프랑스 경찰청 홈페이지에 스틸 사진 몇 장을 올렸다.

그러자 곧장 반응이 왔다.

―지, 지금 어디십니까? 신변에 문제는 없으십니까?

"문제가 조금 있긴 한데 아직까진 괜찮습니다. 아무튼 제가 영상을 보내드릴 테니 주소를 알려주십시오."

―예, 알겠습니다.

"그리고 미리 특공대를 준비하시는 것이 좋을 겁니다. 이제 곧 파리를 떠날 것 같거든요."

이 세상 어떤 경찰도 자신들에게 들어온 절호의 찬스를 그냥 놓치는 법은 없다.

경찰은 실적에 죽고 실적에 사는 사람들이기 때문이다.

―지금 당장 파리 중앙경찰청에서 경찰특공대가 파견될 겁니다. 그러니 제보자께선 어서 그곳을 나오시기 바랍니다.

"알겠습니다. 저는 알아서 피할 테니 지금 당장 병력을 움직여 주세요. 저에 대한 위치 추적을 허가할 테니 알아서 찾아오시고요."

―제보 감사합니다. 3분 이내에 일반 경찰이 출동할 것이고, 10분 안에 해경과 특공대가 도착할 겁니다.

"예, 알겠습니다."

리처드는 전화를 끊자마자 중앙통제 시스템을 다운시켜 버렸다.

[전원이 OFF됩……]

빠직!

전원을 끄는 것으로 모자라 아예 기기 자체가 작동하지 못하도록 엉망으로 만들어 버렸다.

그러자 배가 멈추고 사이렌이 울리기 시작했다.

위이이이이잉!

―승객 여러분께서는 당황하지 마시고 그 자리에 대기하시기 바랍니다. 다시 한 번 말씀드립니다.

이제 곧 조직원들이 달려올 것이다.

"후후, 재미있는 구경거리가 생기겠군."

리처드는 다시 환풍구로 몸을 숨겼다.

*   *   *

이탈리아 베네치아에 위치한 트론게토 항구.

로이드는 뒷골목 상인 루카에게 무기와 각종 장비를 구매하고 있었다.

루카는 항구 근처에 있는 카페에서 만나 무기를 전달받기로 했다. 무기는 첼로 가방에 담겨 있었다.

"미니 야간투시경까지 들어 있다. 탄환은 케이스 안쪽에 충분히 넣어두었어. 이 정도면 되었나?"

로이드는 살며시 가방을 열어 물건을 확인하곤 만족스럽다는 듯이 고개를 끄덕였다.

"좋아. 대금은?"

"무기명채권이면 좋고 현금도 상관없다."

"그럼 현금으로 지금 지급하도록 하지."

"역시 로이드는 항상 빨라서 좋아."

루카는 로이드의 약 두 배에 달하는 엄청난 덩치를 가진 남자로 격투기 선수 출신이다.

격투기에 뛰어난 자질을 보이는 로이드와 한차례 스파링

을 가진 후 지인이 되었다. 그때부터 그는 로이드에게 호감을 보였다.

"요즘 조직에서 나와 양지에서 일한다면서?"

"그렇게 되었다."

"그럼 이제 내 제안을 받아들일 수도 있게 되었군."

그는 몇 년 전부터 로이드에게 이종격투기 선수로 뛸 생각이 없느냐고 물어왔다.

루카는 이탈리아에 이종격투기 팀을 하나 가지고 있었는데, 이곳의 선수진은 세계 최고 수준이었다.

하지만 그럼에도 불구하고 그는 그 선수들을 모두 제치고 로이드를 메인으로 세우겠다고 제안했다.

"항상 말하지만 자네가 메인이야. 단박에 세계 무대로 갈 수 있다고."

그는 고개를 가로저었다.

"그럴 것 같았다면 진즉 데뷔했지. 벌써 몇 년째 제안을 받는 것인데."

"으음, 그런가?"

"나는 뜻이 없으니 다른 사람을 알아보는 것이 좋겠어."

이윽고 로이드는 자리에서 일어섰다.

"위치가 파악된 것 같아. 이제 그만 가봐야겠어."

"잠깐만."

루카는 로이드에게 명함을 한 장 건넸다.

"만약 사람들의 시선 때문에 그런 것이라면 이곳으로 조용히 찾아와. 술 한잔하면서 조용히 이야기할 수 있는 곳이야."

명함에는 'ROSA' 라고 적혀 있었다.

"뭐 하는 곳이지?"

"술집이다. 마담이 아주 예뻐. 내가 직접 섭외했지."

"그렇군."

"부디 좋은 소식 들려주었으면 한다."

로이드는 그에게 손을 흔들곤 이내 카페를 나섰다.

*   *   *

파리 센 강에서 배를 띄워 하구까지 내려가면 마르세유까지 갈 수 있는 차편을 마련할 수 있다.

거기서 다시 배를 타면 니스로 향할 수 있고, 니스에서 배를 띄우면 이탈리아의 항구도시인 제노바로 들어갈 수 있다.

그리고 제노바에서 다시 차편을 이용해 베네치아까지 이동하면 대운하로 들어가는 입구인 트론게토에 도착할 수 있다.

이 루트는 상당히 복잡하고 먼 길이지만 물건을 위장해 들여오기엔 아주 좋았다.

세관의 단속이 심하긴 하지만 사람 한 명 데리고 오는 것쯤은 그리 어렵지 않았다.

이탈리아의 유명 패션 디자이너인 크리스티아노는 자신의 별장과 요트가 있는 트론게토로 성노를 옮길 예정이었다.

그는 앞에 앉아 있는 열 살 난 아이를 바라보며 연신 미소를 지었다.

"으흐흐, 이제 이 아저씨가 곧 재미있게 해줄게. 아름답게 만들어줄게."

크리스티아노는 12세 이하의 소녀들에게 성적 흥분을 느꼈는데, 특히나 자신이 만든 옷을 입히고 그것을 감상하는 것을 즐겼다.

그녀가 옷을 입고 아름다운 자태를 뽐내는 것에 카타르시스를 느끼는 것이다.

그러다 극심한 스트레스를 받으면 성적 흥분을 느끼던 소녀에게 자신의 화를 풀어내는 동시에 성욕까지 말끔하게 해결했다.

한마디로 그에게 붙잡힌 성노는 평생 아름다운 옷을 입은 채 학대를 당하며 살게 되는 것이다.

때문에 그의 집에 있는 소녀들은 극심한 체중 관리로 인해 제대로 발육을 하지 못했다.

그녀들은 모두 노예시장에서 사온 성노들로 지금은 거의 마약 중독 상태에 빠져 있다고 해도 과언이 아니었다.

정상적인 정신 상태를 가진 소녀가 그의 학대와 가학적인 성행위를 참아내는 것은 거의 불가능하기 때문이다.

"으흐흐! 오늘로써 열세 개째 컬렉션을 완성시킬 수 있겠
군."

그는 트론게토로 들어가는 배에 올라 연신 미소를 짓고 있
었다.

"어서 가자. 나의 작품을 입혀봐야겠으니."

"예, 선생님."

크리스티아노의 전속 항해사는 항구에 배를 대기 위해 키
를 잡아 돌렸는데 뭔가 묵직한 것에 걸려 동력이 작동하지 않
았다.

쿠쿠쿵!

"뭐, 뭐야?!"

"엔진에 결함이 생긴 것 같습니다. 지금 당장 알아보겠습
니다."

"이런 멍청이! 어서 움직여!"

항해사는 재빨리 엔진실로 이동했다.

크리스티아노는 방금 전의 스트레스를 가까스로 참아냈다.

"으으으윽! 후우! 조금만 더 참자. 그러면⋯⋯."

반짝반짝 벗겨진 머리를 간신히 가린 옆머리를 가지런히
정리한 그는 연신 거울을 바라보며 웃었다.

"흐흐흐흐! 이제 이 머리에 키스하며 나를 찬양하게 될 날
이 머지않았다."

자신만의 하렘을 건설하느라 매일 밤잠을 설치는 그로선

지금 이 상황이 너무나 즐거웠다.

하지만 아무리 기다려도 항해사가 돌아오지 않았다.

"뭐야? 이 굼벵이 같으니!"

엔진 룸으로 들어가 무슨 일인지 알아보려던 그는 급작스럽게 튀어나온 괴한과 마주쳤다.

철컥!

"으, 으아악!"

"잡았다. 이 버러지만도 못한 새끼!"

그가 힘껏 주먹을 휘두르자 크리스티아노는 그 즉시 정신을 잃고 말았다.

*　　　*　　　*

항해사의 제보로 크리스티아노의 별장에 들어선 로이드는 경악에 찬 비명을 내질렀다.

"이, 이게 도대체 무슨……?!"

그의 별장에는 열 명이 넘는 소녀가 마약에 찌들어 마치 시체처럼 거실에 축 늘어져 있었다.

그러다 사람의 발소리가 들리자 반사적으로 일어나 정상인처럼 행동하기 시작했다.

"오셨어요?"

"오늘따라 더욱 멋지시네요. 저희가 목욕시켜 드릴게요."

마치 영혼이 없는 인형 같은 눈동자들을 바라보고 있자니
오장육부가 다 뒤집혔다.

"이런 빌어먹을 새끼를 보았나?"

그는 즉시 경찰에 전화를 걸었다.

"아동 성 범죄자를 신고하려고 합니다."

─위치가 어디죠?

"이곳은……."

그가 손을 쓰지 않아도 어차피 법의 심판에 맡긴다면 상상
을 초월하는 형을 얻어맞게 될 것이다.

그가 사들인 성노들의 국적이 전부 제각각이기 때문에 프
랑스 정부는 각국의 요구를 받아들이다 못해 국제재판소에
넘길 것이 분명했다.

그렇게 된다면 그의 생사는 장담하기 힘들었다.

만약 돈을 써서 빠져나온다면 그가 직접 목을 치든 불구를
만들어 버리든 둘 중 하나를 택할 것이다.

이윽고 그는 아직도 약에 취해 있는 신디를 자신의 차에 실
었다.

그리곤 경찰이 오는 것을 확인하고 자리를 떴다.

"개자식, 확 사형이나 당해라!"

그는 끝까지 크리스티아노의 행보를 지켜볼 것을 다짐하
며 공항으로 향했다.

　　　　*　　　*　　　*

　베트남 하노이에 위치한 한 호텔.

　세계적인 팝스타 안젤리나가 상당히 수척한 얼굴로 회전문을 통해 로비로 들어섰다.

　화수는 그런 그녀를 반갑게 맞이했다.

　"어서 오십시오. 오는 길에 별문제는 없었습니까?"

　"아니요. 별다른 문제는 없었습니다."

　마이클이 그녀의 상태에 대해 설명했다.

　"지금 안젤리나는 일주일 넘게 아무것도 먹지 못해서 힘이 하나도 없는 상태입니다. 그러니 만약 충격적인 사실이 있거든 저에게 알려주십시오."

　"알겠습니다. 하지만 그런 일은 아마 없을 겁니다."

　이윽고 그는 두 사람에게 사진을 한 장 건넸다.

　"사건은 잘 해결되었습니다. 지금 신디는 레스토랑에서 식사를 하고 있어요."

　"차, 찾았나요? 건강에는 이상이 없는 것이지요?"

　"물론입니다. 그러니 지금 레스토랑에서 식사를 하고 있지요."

　로이드는 신디를 찾은 즉시 병원으로 옮겨 약물 중독에 대한 처치를 했고, 다행히도 중독된 기간이 짧아 위험한 고비를 넘길 수 있었다.

덕분에 이곳으로 오는 내내 로이드가 애를 먹긴 했지만 결국엔 모든 것이 순조롭게 풀렸다.

"가보시지요. 아이의 양고모도 이해했습니다. 친모가 아이를 맡는 것이 대해서 말입니다."

"저, 정말요? 아이는……?"

"그건 저도 모릅니다. 신디의 속마음은 직접 확인해 보시지요."

그녀는 천천히 레스토랑 안으로 들어섰다.

신디는 로이드와 함께 식사를 하고 있었다.

"왜 아저씨는 안 먹어요?"

"난 별로 입맛이 없어서……."

"그래요? 그럼 내가 다 먹을게요."

"뭐, 그렇게 해라."

신디는 처음 로이드가 자신을 병원으로 옮길 때부터 심상치 않은 인연이라는 것을 느꼈다.

하지만 그녀가 왜 베트남으로 가야 하는지에 대해 설명했을 때엔 그것을 이해하지 못했다.

덕분에 로이드는 한참이나 그녀를 설득해서 이곳까지 올 수 있었다.

그러는 동안 두 사람은 제법 잔정이 쌓인 모양이다.

"그렇게 아무것도 안 먹고 술만 마시니까 사람이 피곤해 보이죠."

"내, 내가?"

"네, 무척이나 피곤해 보여요."

"그, 그렇군."

안젤리나는 그런 두 사람을 바라보며 문득 자신의 발목을 잡는 두려움을 느꼈다.

'혹시나⋯⋯.'

만약 딸이 자신을 원망해 자리를 박차고 일어나면 어쩌나, 욕을 하면 어쩌나 하고 걱정이 컸다.

마이클이 그런 그녀를 조용히 응원했다.

"걱정하지 마. 잘될 거야."

"하지만⋯⋯."

"네가 엄마니까 먼저 다가가야지. 자, 어서."

동료의 응원에 힘입은 그녀는 천천히 걸음을 옮겼다.

그리고 이내 딸의 앞에 멈추어 섰다.

"저⋯⋯."

반사적으로 고개를 돌린 신디가 그녀에게 꾸벅 고개를 숙였다.

"안녕하세요?"

"아, 안녕."

"혹시⋯⋯."

로이드는 슬그머니 자리에서 일어섰고, 신디는 눈치로 그녀가 자신의 생모임을 간파해 냈다.

"우리 엄마군요?"

순간 안젤리나는 더 이상 버티지 못하고 그 자리에 무너져 내렸다.

"흑흑! 미안해. 내가 잘못했어. 그때 그렇게 보내는 것이 아니었는데……."

가만히 그녀를 지켜보던 신디는 자리에서 일어나 안젤리나의 손을 잡았다.

"괜찮아요. 난 한 번도 당신을 원망해 본 적이 없어요. 정말이에요."

"흑흑……."

"혹시나 엄마를 찾았는데 엄청난 추녀면 어쩌나 했는데 그건 아닌 것 같아 다행이네요."

비록 생모이긴 하지만 처음 보는 사람에게 이렇게까지 붙임성 있게 행동하는 것을 보면 역시 피는 못 속이는 모양이었다.

화수는 두 모녀를 보다가 일행에게 말했다.

"우리는 테라스에서 맥주나 한잔하시죠."

"그럴까요?"

세 사람은 테라스에 앉아 차가운 생맥주를 한 잔씩 주문해 마시기 시작했다.

*　　　*　　　*

미국 보스턴에서 러시아 블라디보스토크로 향하는 여객선에 탄 덴은 자신의 슈트케이스에 든 내용물을 확인해 보았다.

그의 슈트케이스에는 약 1천만 달러에 달하는 해외 채권이 들어 있었다.

이것을 가지고 러시아로 넘어가 마약을 사들인다면 그가 조직을 이끌 수 있는 충분한 자금이 생길 것이다.

여기에 상속으로 받을 무기와 밀항선 등을 더한다면 조직을 키우는 것은 시간문제였다.

"이제야 내 꿈이 이뤄지려는 모양이군."

지금까지 그는 자신의 삶이 한 번도 행복하다고 생각해 본 적이 없었다.

어려서 부모에게 버림받고 고아원에서 자라나 마피아가 되어 총질을 하면서 살았다.

그러다 한 마피아에게 입양되어 살았지만 여전히 그의 인생은 복잡하고 괴롭기만 했다.

하지만 자신을 입양한 양부를 죽이고 그 동료들과 척을 지게 만들어 모든 이를 자신의 편으로 만들고 나서는 내내 행복이 가득했다.

이제야 비로소 자신이 원하는 조직을 갖게 된 것이다.

"그래, 이것이 바로 자아실현이지."

자신의 내면에 있던 소원을 이루고 나니 속이 다 시원해지는 것을 느끼는 덴이다.

정기여객선의 1인실에 누워 창밖을 바라보던 그는 갑자기 배가 멈추어 서는 것을 느꼈다.

—안내 말씀드립니다. 우리 배는 잠시 정지합니다.

"으음? 무슨 일이지?"

자리에서 일어나 문밖으로 고개를 내민 그는 자신을 향해 걸어오고 있는 한 무리의 사람을 발견했다.

남자와 여자가 골고루 섞여 있는 것을 보면 아무래도 가족인 듯했다.

"저 사람들이 타려고 배가 멈춘 것인가?"

이스트 케이프 소속인 이 여객선은 규모로 치면 거의 크루즈에 가까울 정도이며 시설도 그에 준했다.

그런 여객선이 갑자기 멈추어 서는 경우는 상당히 드물었다.

대수롭지 않게 생각하며 문을 닫으려던 그는 대열의 선두에 서 있는 사람이 다름 아닌 베네노아라는 것을 알 수 있었다.

"베네노아?"

순간 베네노아가 머리를 내민 그에게 빠른 속도로 달려왔다.

그리곤 몸을 날려 발로 문을 걸어찼다.

퍼억!

"크헉!"

"이런 개새끼!"

"이, 이게 무슨……?"

"내 아들을 죽인 원수!"

순간 그는 모든 것이 잘못되어 간다는 것을 깨달을 수 있었다.

"자, 잠깐! 뭔가 잘못된 겁니다! 이건⋯⋯."

무릎을 꿇은 채 사정을 설명하려는 그의 앞에 전 내연녀와 공범이 모습을 드러냈다.

"너, 너는⋯⋯."

"네가 씨를 뿌린 여자야. 알아보겠어?"

"⋯너 이 빌어먹을 년!"

짜악!

베네노아는 무릎을 꿇은 그의 얼굴에 따귀를 날렸다.

"닥쳐라! 한 마디만 더 지껄였다간 죽는다!"

"⋯⋯."

이윽고 10년 전 자신과 함께 모든 것을 공모한 프리즈나의 보스 네이마르가 그의 앞에 장부를 툭 집어 던졌다.

"난 마약을 받고 일을 해주었을 뿐, 네 조직이 이런 꼬락서니가 될 것이라곤 전혀 상상하지 못했다."

"⋯그러니까 우리 조직의 무기를 네가 빼돌렸다는 얘기인가?"

"정확히 말하자면 저 작자가 우리에게 마약을 줄 테니 함께 빼돌려 달라고 했지. 나는 그것이 다른 조직에서 나온 것인 줄 알고 있었어. 만약 너희가 피해를 입는 일인 줄 알았다면 손도 대지 않았을 것이다."

"증언, 고맙다."

"후후, 천만에. 저놈에게 속아 이 짓거리를 한 것을 생각하면 분통이 터질 따름이다."

"뒷처리는 우리가 알아서 하겠다."

"알겠다. 그럼……."

네이마르가 돌아서자 덴은 피눈물을 쏟아냈다.

"이런 개새끼야! 내가 너를 가만히 둘 것 같으냐! 끝까지 찾아가 죽여 버리겠다!"

이내 난동을 부리는 그에게 다시 한 번 발길질이 이어졌다.

퍼억!

"크헉!"

"닥치라고 했다."

이윽고 그의 앞에 양동생 안젤리나가 모습을 드러냈다.

"애초에 네가 인간 말종이라는 것은 알고 있었지만 이 정도인 줄은 몰랐어."

"뭐, 이년아?"

"죽여요. 차라리 이런 놈은 죽어 없어지는 편이 좋아요."

"뭐, 뭐라?!"

화수는 고개를 가로저었다.

"아닙니다. 이대로 국제마약사범으로 엮어서 보내는 편이 나아요."

"하지만⋯⋯."

"물론 그전에 뭔가 벌을 내리긴 할 겁니다."

순간 베네노아가 나이프를 꺼내 그의 왼쪽 허리를 찔렀다.

푸욱!

"으헉?!"

"이곳에서 조금만 더 내려가면 신경 다발이 모두 끊어진다. 그럼 네놈은 평생 불구로 살아가게 되겠지."

"뭐, 뭐라?!"

"잘 가라."

좌락!

"끄아아아아악!"

고통에 몸부림치는 그를 바라보며 화수 일행은 발걸음을 돌렸다.

"곧 경찰이 들이닥칠 겁니다. 그럼 저는 모든 증거를 경찰에 넘길 것이고 사건은 종결됩니다. 이제는 법이 모든 것을 심판하게 되겠지요."

"알겠습니다. 나가시죠."

화수를 제외한 모든 일행이 배를 빠져나가자 선박 안은 덴의 처절한 비명 소리로 가득 찼다.

4장

날개를 달다

　11월 중순, 이수자동차의 동북아 총괄지부가 한국에 지어졌다.

　이수기업 본사로 사용되던 건물에 총괄지부가 들어섰고, 본사 역시 조만간 대전 부근에 지어질 예정이다.

　사람들은 이수자동차의 한국 시장 공략이 미친 짓이라고 떠들었지만 그것은 그저 뜬소문에 불과했다.

　지금까지 이수자동차는 베트남 기업이라는 이미지 때문에 제대로 날개를 펼치지 못했을 뿐, 그 잠재력은 이미 미국 시장에서도 인정을 받은 상태였다.

　회사의 이미지 구축은 가장 중요한 일, 이수기업은 놀라울

만한 이변으로 이미지 변신을 시도했다.

세계적인 팝스타 안젤리나가 이수기업의 전속 모델로 발탁된 것이다.

지금 그녀는 이수자동차에서 생산되고 있는 전 제품의 모델로서 광고 촬영에 임하고 있었다.

항상 이슈를 몰고 다니는 그녀이기에 세계 언론은 어째서 그녀가 이수를 선택한 것인지 의문을 품지 않을 수 없었다.

하지만 그녀는 자신이 직접 회사를 결정했다는 발표 외에 아무런 대답이 없었다.

심지어 안젤리나의 회사는 자사에 소속되어 있는 가수들을 한국으로 모아 대규모 자선 공연을 했다.

그 자선 공연의 후원자로는 이수자동차가 나섰고, 자금 지원은 미국의 모처에서 전액 후원한 것으로 알려졌다.

하루스 엔터테인먼트에서 주최한 후원 콘서트 현장엔 무려 5만이라는 엄청난 인파가 몰렸다.

티켓의 수익은 투자금을 제외하곤 모두 결식아동을 돕는 기금으로 사용될 예정이라 유엔에서도 기금을 보내왔다.

하루스의 간판스타인 안젤리나는 예외적으로 공연장 앞에서 자신의 CD에 사인을 해주는 팬 사인회를 개최했다.

그리고 그중에서 한 명을 추첨하여 이수자동차에서 제공하는 중형 세단을 선물로 주기로 했다.

"와아아아아아아!"

엄청난 함성이 울려 퍼지는 팬 사인회 현장.

경호원들은 팬들이 줄을 설 수 있도록 라인을 잡기에 바빴
다.

"일렬로 서세요! 시간은 충분합니다!"

그녀의 인기는 전 세계를 아우르기 때문에 팬의 나이층도
상당히 다양했다.

그 때문에 개중에는 경품인 자동차를 타기 위해 몇 시간을
기다린 사람도 상당히 많았다.

세계적인 톱스타가 자동차를 경품으로 내놓은 것은 순전
히 직접 광고를 위한 것이지만, 그녀도 팬 사인회 현장에서
직접 광고를 하는 것에 대해 상당히 적극적이었다.

가끔 기자들이 사진을 찍을 때면 일부러 자동차가 있는 곳
에서 포즈를 취하곤 했다.

팬 사인회가 시작된 지 두 시간, 드디어 사인회가 종료됐
다.

"사인회가 끝났습니다! 이제 하루스 패밀리 콘서트가 열릴
예정이니 모두 안으로 들어가 주십시오!"

이윽고 그녀가 자리에서 일어나자 팬들은 안젤리나를 따
라 콘서트 현장으로 향했다.

*　　　*　　　*

미국의 대형 엔터테인먼트 회사 하나가 통째로 움직인 광고 효과는 상상 이상이었다.

언제 어디서나 적극적으로 자동차를 홍보해 준 안젤리나 덕분에 시너지 효과가 대단했다.

덕분에 처음 사전 계약이 거의 0건에 가깝던 이수자동차의 계약은 서서히 오르는 중이다.

그러던 중 이수자동차의 가치가 단번에 뛰어오르는 일이 벌어졌다.

바로 하루스 엔터테인먼트에서 기획 투자를 맡고 제작까지 모두 감행한 영화가 초대박을 터뜨린 것이다.

영화 '제이언스'는 외계인이 지구를 점령하면서 벌어지는 SF영화인데, 그곳에 등장하는 자동차의 모든 모델이 바로 이수자동차의 제품이었던 것이다.

주인공이 타는 자동차부터 극중에 나오는 재벌들이 타는 스포츠카, 심지어는 군인들이 외계인과 전투를 벌이는 SUV까지 모두 이수자동차에서 나온 것이었다.

극장가에 외계인 신드롬까지 불러일으킨 흥행 성공에 이수자동차의 이름값은 상승세를 기록하고 있었다.

덕분에 바빠진 것은 영업부였다.

총괄팀장들은 휘하에 영업사원들을 대폭 늘리고 가판대를 설치하는 등의 전략을 펼쳤다.

화수는 그런 그들의 노력에 힘을 실어주기 위해 상당히 파격적인 지원을 해주기로 했다.

그것은 바로 가판대를 대신할 윙바디 차량의 지원이었다.

보통 윙바디는 이사나 초대형 이벤트 차량으로 사용되지만, 가끔은 깜짝 세일을 위한 전시장으로도 사용됐다.

화수는 영업사원 20명을 한 팀으로 묶은 후 그들에게 윙바디 차량 두 대를 지급하기로 했다.

지점 영업소에 차량을 두 대씩 지급해서 전시와 판매가 동시에 이뤄지도록 한 것이다.

서울 강남에 위치한 성형외과 거리.

화수는 이곳에 초특급 꽃미남들을 섭외해서 영업을 하기로 했다.

"이수자동차에서 나왔습니다! 제품들 구경하시고 시운전까지 해보고 가십시오!"

미남, 미녀들이 하루에도 수백 명씩 탄생한다는 강남 성형외과 거리에는 특히나 비주얼에 신경 쓰는 사람이 많았다.

고로 당연히 미남에 약한 여자가 많았고, 꽃미남들의 얼굴에 관심을 갖는 예비 성형 미남도 많았다.

로이드는 미국 모델 에이전시와 전속 계약을 맺고 데려온 일일 사원들을 데리고 자동차 계약에 나섰다.

"상품 설명은 이쪽으로 와서 들으시면 됩니다!"

외모로는 그 누구에게도 뒤지지 않을 정도로 미남인 로이드에게 꽤 많은 여성이 몰렸다.

일단 그의 외모에 이끌려 왔다가 영화에 나온 익숙한 자동차에 반가움을 느끼고 시운전까지 해보게 되는 것이다.

그런데 일단 시운전을 해보면 이수자동차의 제품들은 뛰어난 기능과 함께 외제차의 느낌이 강했다.

한국에서 생산한 차들은 차량의 무게를 줄이고 연비에만 신경을 쓰지만 연비에서 절대적 우위를 점하는 이수자동차의 차량들은 전혀 그럴 필요가 없기 때문이다.

여성들이 몰리자 남성들은 자동적으로 몰렸고, 이곳에 모인 남성들은 연신 탄성을 자아냈다.

"뭐, 뭐야? 이게 진짜 스포츠카야?!"

"연비가 말도 안 되는데?!"

차량 가격이 동급에 비해 1/4도 안 되는 스포츠카는 특히나 젊은이들에게 인기 만점이었다.

중형 차량의 유지비로 슈퍼카에 달하는 스팩의 스포츠카를 몰 수 있다는 메리트는 엄청난 것이다.

하지만 그런 현장을 외제차 회사에서 가만 내버려 둘 리 없었다.

부아아아앙!

"오오오! X8?!"

아X디에서 출시한 수퍼카 X8이 행사 현장 가까이로 다가와 엔진 소음을 냈다.

가슴을 울리는 그 웅장함에 남자들은 물론이고 여자들까지 시선을 빼앗겼다.

로이드는 슬그머니 미소를 지었다.

"어이, 거기 차 안 뺍니까?!"

"내가 내 차를 타는데 뭔 상관입니까?"

"오호, 그래요?"

그는 엡솔루트 쿠페에 올라탔다.

그리곤 시동을 걸었다.

부아아아아앙!

"오오!"

스포츠카의 특성상 무게를 줄일 수밖에 없는 X8과 달리 충분한 마력을 감당할 수 있는 바디와 엔진을 갖춘 엡솔루트 엔진 소리는 그야말로 경주용 차와 맞먹을 정도로 웅장했다.

그것도 귀만 따가운 굉음이 아닌 묵직한 저음이 섞인 진짜 엔진 소리였다.

그는 엔진에 시동을 걸곤 이내 가속 페달을 밟아 아X디사의 자동차를 향해 돌진했다.

부룽, 부아아아앙!

"어, 어어어······?"

구경꾼들은 초유의 사고가 날 것으로 예상하곤 일제히 핸드폰 카메라를 들었고, 운전자는 당황해서 가속 페달을 밟았다.

"이, 이런 미친!"

하지만 이미 때는 늦었고, 엡솔루트 쿠페는 코앞까지 다가온 상태이다.

운전자는 하는 수 없이 차에서 뛰어내렸고, 사람들은 눈을 질끈 감았다.

그러나 엡솔루트 쿠페는 충돌 직전에 정확히 멈추어 섰다.

끼익!

그리곤 아무 일도 없었다는 듯이 다시 후진해 제자리로 돌아갔다.

"어, 어어……?"

순간 주변에서 엄청난 웅성거림이 들려오기 시작했다.

이윽고 로이드는 자동차에서 내려 말했다.

"에이, 무슨 슈퍼카가 앞으로 제대로 나가지도 못합니까? 그래서 어디 자동차 몰고 다니겠습니까?"

"……."

브랜드가 갖는 절대적 우위를 믿고 덤빈 아X디는 참패를 당했고, 로이드는 아무 일도 없었다는 듯이 행사에 전념했다.

*　　　*　　　*

일본에 위치한 사이타마 수족관.

10년 만에 상봉한 안젤리나 모녀가 이곳을 거닐고 있다.

생각보다 많은 인파가 몰려 있었지만 약간의 변장만으로도 정체를 숨기기엔 충분했다.

동북아에서 외국인의 실제 이목구비는 구별하기가 그리 쉽지 않은 덕분이다.

모녀는 말없이 수족관을 거닐고 있다.

"좋아하는 음식은 뭐야?"

침묵을 깬 것은 엄마인 안젤리나였다.

그녀는 엄마의 물음에 아주 짧게 대답한다.

"함박스테이크요."

"그래? 나도 함박스테이크 좋아하는데."

"정말요?"

"나는 갓 구운 함박스테이크에 계란프라이를 올려서 먹어."

"어? 나도 그런데?"

"으음? 정말이니?"

"네, 어려서부터 그렇게 먹어왔어요. 언제부터인지는 기억할 수 없지만 항상 함박스테이크에 계란을 올려 먹었어요."

"그렇구나."

엄마가 먼저 말문을 열었으니 이제부터는 딸이 질문을 쏟아낼 것이다.

"그럼 좋아하는 영화는요?"

"난 로봇 나오는 영화가 좋아. 특히 큰 로봇이 나와서 싸우는 것. 만약 변신이나 합체를 하면 더 좋고."

"트랜스포머!"

"맞아. 난 트랜스포머의 광팬이야."

"나도 그래요. 하지만 요즘엔 퍼시픽림이 끌리더라고요."

"그래그래. 퍼시픽림이 좋지. 스케일이 크거든."

"뭘 좀 아시네요?"

"내가 어려서부터 조금 유별났거든. 지금도 거리를 지나다 로봇을 보면 그냥 지나치지 못해. 가끔은 방구석에 틀어박혀서 프라모델을 조립하기도 해."

"나, 나도 그런데!"

"그래?"

"최근까지 건담을 사서 조립하곤 했는데, 고모가 워낙 프라모델을 싫어해서 다 버렸어요. 힘들게 구한 것들인데……."

"왜? 어째서?"

"우리 집안은 모계 성향이 강해요. 그래서 여자는 상당히 여성스러워야 하고 남자는 여자를 신처럼 떠받들어야 하죠."

"그렇구나."

아직까지 아이의 입에선 우리 집이 양고모에 맞추어져 있었다.

순간 신디는 자신의 실수를 깨닫곤 입을 막았다.

"읍! 죄송해요."

그녀는 고개를 가로저었다.

"아니야. 죄송할 것 없어. 이제부터 조금씩 고쳐 가면 되는 거야."

"알겠어요."

10년이면 강산도 변한다고 했다. 그런 세월을 떨어져 산 모녀가 이제 와서 급격하게 친해지는 것은 말도 안 되는 일이다.

그나마 다행인 것은 두 사람의 나이 차가 그렇게까지 크지 않다는 것이다.

"화제를 조금 바꿔볼까?"

"뭔데요?"

"이상형이 어떻게 되니?"

엄마의 기습 질문에 딸은 얼굴을 붉혔다.

"그, 그건……."

"괜찮아. 그냥 동네 언니라고 생각하고 말해."

그녀의 질문에 신디는 조심스럽게 입을 열었다.

"굳이 말하자면 로이드 아저씨 같은 사람이요."

"로이드 씨?"

"키도 크고 잘생겼고 성격도 좋고요. 게다가 머리도 좋고 지식도 많아요."

"박학다식한 팔방미인이구나?"

"네, 영국에서 자라서 그런지 매너도 좋아요. 영어 발음도 상당히 인상적이고요."

외모는 동남아시아 혼혈이지만 행동은 완전히 신사이기 때문에 로이드는 어디를 가도 인기가 많은 편이었다.

다만 조금 차갑고 말이 너무 날카롭다는 것이 흠이라면 흠이다.

그렇지만 신디는 로이드의 그런 점까지 모두 마음에 든 모양이다.

이번에는 딸이 엄마에게 물었다.

"그럼 엄마는요?"

딸의 기습 질문에 그녀는 조금 당황했다.

"나, 나?"

"네, 말씀해 주세요."

소녀들의 대화는 항상 이렇게 두근거림이 내포되어 있다.

신디는 반짝거리는 눈으로 그녀를 바라보자 안젤리나는 어쩔 수 없이 자신의 이상형에 대해 고백했다.

"난… 굳이 꼽자면 강화수 씨 같은 사람?"

"아하, 그 사장님이요?"

"키도 적당히 크고 서글서글하게 생겼잖아."

"으음, 하긴 그 아저씨의 인상이 조금 좋긴 하죠."

"게다가 세심하고 사람도 잘 챙기잖아."

그녀는 슬그머니 미소를 지었다.

"으음? 혹시 재혼을 염두에 둔 것은 아니겠죠?"

"아, 아니야! 그럴 리가! 이제야 딸을 찾았는데 재혼은 무슨……."

순간 안젤리나는 방금 신디가 자신을 엄마라고 부른 것을 기억해 냈다.

"그러고 보니 방금……."

어색함에 엄마라는 단어를 쉽사리 내뱉지 못하고 있던 딸이 처음으로 불러준 호칭이다.

그녀는 감격에 겨워 눈물을 흘렸다.

"…고마워."

"우, 울지 말아요."

"흑흑! 너무 감격스러워서 그래."

"아이참……."

딸은 엄마를 달랬고, 그녀는 한참이나 딸의 품에서 눈물을 흘렸다.

*　　　*　　　*

모녀는 상당히 닮은 점이 많았다. 목욕을 좋아한다는 것이다.

안젤리나와 신디는 DVD방에서 좋아하는 영화를 실컷 보고 나와 도쿄도에 위치한 하코네 온천으로 향했다.

하코네 온천은 도쿄에서 즐길 수 있는 온천으로 관광객은 물론이고 현지인도 많이 찾는 곳이다.

　쩨나 사람이 많은 이곳에서도 가장 큰 호텔방을 예약한 그
녀들은 자신들이 좋아하는 함박스테이크에 계란을 두 개나
올려서 방으로 올라갔다.

　딩동!

　초대형 스위트룸을 잡은 그녀들은 식사를 마치고 욕탕으
로 향했다.

　신디는 난생처음 와보는 온천에 감탄사를 연발했다.

　"우와! 이게 다 목욕탕이에요?!"

　"응. 온천은 천연 지하수인데 피로를 푸는 데 아주 그만이
야."

　모녀는 따끈한 온천수에 몸을 담갔다.

　"후우!"

　"오, 오오!"

　평소엔 족욕만 즐기던 신디는 처음으로 온천에 몸을 담
그곤 이내 걸쭉한 감탄사를 내뱉었다.

　"우오오오! 좋구나!"

　"호호호! 그렇게 좋아?"

　"그럼요! 태어나 이렇게 좋은 탕은 처음이에요!"

　"마음에 든다니 다행이구나."

　이윽고 그녀는 호텔에서 준비한 소다 두 잔을 가지고 탕으
로 다시 들어왔다.

안젤리나가 푸른색 소다를 신디에게 건네자 신디는 무심코 고개를 가로저었다.

"어, 어어? 안 되는데?"

"어째서?"

"소다는 몸에 좋지 않다고 고모가 먹지 말라고 했거든요."

안젤리나는 슬그머니 미소를 지었다.

"그래서 지금까지 소다를 마셔본 적이 없니?"

"몇 번 마셔보긴 했지만 고모가 워낙 싫어해서 마시지 못했어요. 잘못하면 치열이 다 망가지고 나중에는 못생긴 아가씨가 될 거라고요."

"어머나, 그런 심각한 상황까진 미처 상상하지 못했는데?"

조금 심각하게 말하는 듯하면서도 안젤리나는 곧장 자신이 들고 있던 소다를 한 모금 들이켰다.

꿀꺽!

"아, 좋다!"

"어, 어어⋯⋯."

이어 그녀는 딸에게 소다 음료를 건넸다.

"가끔씩 마시는 것은 괜찮아. 나도 뭔가를 축하해야 하는데 술을 마실 수 없으면 소다를 마시거든."

"정말요?"

"그럼. 아이돌로 데뷔해서 지금까지 활동하면서 거의 일주일에 서너 번은 소다를 마신 것 같아. 하지만 난 비교적 멀쩡하게 활동하고 있잖니."

"그렇군요."

"한국에 이런 말이 있대. 과유불급, 넘치면 모자란 것보다
못하다. 뭐든지 너무 과하면 좋지 않다는 뜻이지."

"그러니까 엄마의 말뜻은 적당히 마시면 괜찮다는 뜻이
죠?"

"축하의 뜻으로 한 잔씩 마시는 것이니까."

양고모의 그늘이 만든 거부감이 없어지자 모녀는 드디어
축배를 들 수 있었다.

"건배하자."

"좋아요."

"건배!"

팅!

두 사람은 서로를 바라보며 잔을 부딪쳤다.

*　　　*　　　*

딸과의 휴가를 보내고 난 후 그녀는 결심한 듯 화수를 찾아
왔다.

그리고 그녀는 지금 자신이 벌일 일에 대해서 모두 털어놓
았다.

"제 딸에 대해 모두에게 말하고 싶어요."

"모두에게 말한다니요?"

"언론에 제 딸이 있다는 것을 공표하고 싶어졌어요."

"으음."

지금 그녀가 딸에 대한 존재를 알린다면 무슨 일이 벌어질지 아무도 예상할 수 없었다.

그래서 아직까지 기획사에서도 쉬쉬하는 분위기인데, 만약 그녀가 폭탄선언을 한다면 타격이 있을 수밖에 없었다.

그것은 지금까지 그녀가 밀어준 이수자동차도 마찬가지였다. 하지만 화수는 흔쾌히 그녀의 뜻에 동의했다.

"그럼 그러십시오."

"저, 정말요?"

"그럼요. 내 딸을 내 딸이라고 말하는 것이 뭐 어때서요?"

"하지만 괜찮으시겠어요?"

"물론입니다. 세상에 내 자식을 남의 자식이라고 말하고 다니는 부모의 속이 정상이겠습니까? 저도 그 정도 주변머리는 있습니다."

"그렇지만 저 때문에 회사의 이미지가……."

"상관없어요. 어차피 바닥에서부터 여기까지 온 이수자동차입니다. 모델의 이미지가 어떻든 상관없어요."

화수는 이 세상에서 인간에게 가장 중요한 것이 무엇인지 너무나도 잘 알고 있었다.

"가족이 없다면 미래도 없는 법입니다. 지금과 같은 삶이라면 모녀에게 모두 불행을 가져다줄 뿐입니다."

"…고마워요."

눈물을 흘리려는 그녀에게 화수는 손수건을 건넸다.

"아참, 이 사실은 마이클에게 먼저 말해야 하는 것 아닙니까?"

"괜찮아요. 그 사람도 나에게 말도 않고 사고를 쳤으니까요."

"하지만 이건……."

"정말 괜찮아요. 그러니 그냥 내버려 두세요. 작은 복수예요."

결코 작은 일이 아니라는 것이 화수의 생각이었지만 이것은 엄연히 남의 집안 일이다.

그가 참견할 일이 아니었다.

'될 대로 되라지.'

화수는 내심 자포자기했다.

*　　　　*　　　　*

일본 도쿄에서 열릴 예정인 자선 콘서트의 기자회견.

안젤리나는 수많은 기자가 모인 단상에 올라섰다. 기자들은 이번에도 역시 콘서트 일정에 대해 물었다.

찰칵찰칵!

"이번 콘서트는 어떤 식으로……."

"잠시만요. 먼저 여러분께 드릴 말씀이 있습니다."

기자의 말을 끊자 그들의 시선이 자동적으로 그녀에게 고정됐다.

무슨 일인가 싶은지 잠시 펜과 카메라 셔터에 올려두었던 손을 뗀 기자들이 입을 다물고 집중했다.

그러자 그녀는 아주 천천히 입을 열었다.

"사실 저에겐 열 살 된 딸이 하나 있습니다."

순간 기자회견장에 정적이 흘렀다.

"네, 네? 뭐라고요?"

"저에게 딸이 있다고요."

"허, 허어!"

"10년 전 저는 미혼모였고, 아이를 키울 능력이 되지 않았습니다. 그래서 입양을 보냈죠. 하지만 얼마 전에 다시 만났습니다. 그동안은 아이에 대한 그리움으로 괴로웠지만 이제는 그러고 싶지 않아요. 이제는 당당히 여행도 다니고 학교에도 함께 가고 싶습니다."

그녀의 폭탄선언에 기자회견장에 함께 참석한 매니저 마이클은 경악에 찬 표정을 지은 채 그대로 굳어버렸다.

"어, 어버버……."

안젤리나는 굳어버린 그를 뒤로한 채 기자회견장을 내려왔다.

"그럼 저는 이만……."

"어, 어어?! 안젤리나 씨! 아이에 대해서도 한 말씀 해주시죠!"

"죄송합니다."

그녀는 이내 종적을 감추어 버렸고, 이제 시선은 마이클로 옮겨졌다.

"대표님, 한 말씀만 해주시지요! 모두 사실입니까?!"

"…그렇습니다. 그녀에게는 딸이 있습니다."

"언제부터 알고 계셨지요?"

"정확히 언제부터라곤 말씀드리기 곤란하네요. 하지만 이제야 10년 만에 상봉한 것은 틀림없습니다. 그러니 예쁘게 봐주십시오. 모녀가 얼마나 힘들었겠습니까?"

"그렇겠군요. 그럼……."

기자들은 질문 공세를 이어나갔고, 마이클은 그것을 수습하느라 진땀을 뺐다.

*　　　*　　　*

신문 일면을 장식한 안젤리나의 폭탄선언 덕분에 한 번 더 이슈를 타게 된 것은 이수자동차였다.

광고모델이 전 세계를 뒤흔들 만한 소식을 빵 터뜨려 주니 광고주가 덤으로 각광을 받게 된 것이다.

아이돌 스타의 이미지가 추락하면서 하루스 엔터테인먼트의 주가는 조금 주춤했지만 요즘 안젤리나는 젊은 엄마 이미지로 또 한 번 날개를 펼치고 있었다.

순전히 딸과 함께하고 싶은 마음에 터뜨린 폭탄선언이 결국엔 팬들의 마음을 움직인 것이다.

게다가 이젠 마음껏 광고 활동을 할 수 있게 되었으니 일을 가리지 않았고, 이미지가 점점 좋아지는 것은 시간문제였다.

화수는 일이 모두 일단락된 후 베네노아의 감정선을 회복시키는 수술을 감행했다.

사람을 마도병기로 만드는 것은 잘못하면 뇌 기능이 저하되어 평생 기계처럼 살아갈 수도 있는 일이었지만 당시로선 어쩔 수 없는 선택이었다.

화수는 수술대 위에 누운 베네노아의 뇌에 마나코어를 연결시켰다.

지금 베네노아의 머리에 있는 마나코어의 힘을 또 다른 거대한 마나코어를 이용해 빨아들이는 방법을 사용할 것이다.

이것은 마나의 삼투압 현상을 이용하는 수술법으로 마나의 농도를 적당히 조절하는 것이 관건이다.

화수는 수술대 맞은편에 있는 찬미를 바라보았다.

"준비되었습니까?"

"네, 시작하시죠."

이윽고 그는 대형 마나코어에 마나를 불어넣자 베네노아

의 머리를 가득 채우고 있던 마나가 서서히 빠져나가기 시작했다.

찬미는 마나코어에 농도 측정기를 달아놓고 머릿속의 마나 농도를 측정해 화수에게 통보했다.

"80/100이에요."

"좋아요. 이대로 조금만 더 뺍시다. 지금 이대로라면 아직까지는 감정을 느끼지 못할 겁니다."

그나마 그가 아들에 대한 복수심으로 불타올랐던 것은 순전히 본능에 의한 것이었다.

아무리 감정을 제어한다고 해도 아들에 대한 애착은 희미하게 남아 있었던 것이다.

마나코어는 안정적으로 마나를 빨아들였고, 약 30분 후엔 적정선까지 마나를 빨아들였다.

"이제 마나코어를 제어하는 것이 좋겠습니다."

"예, 알겠습니다."

화수는 마나코어에 전달하던 마나를 서서히 차단시켰고, 찬미는 마나코어가 빠지는 즉시 베네노아의 머리를 봉합했다.

잘못해서 마나가 모두 빠져나가면 신체기능을 잃을 수도 있기 때문이다.

순발력 좋은 그녀의 조치로 인해 베네노아는 안정적으로 수술을 마칠 수 있었다.

화수는 그의 눈동자와 심장박동 수 등을 체크한 후 마나의 농도를 다시 한 번 체크했다.

"좋습니다. 이 정도면 감정이 다시 되살아날 겁니다."

"수고하셨어요."

"뭘요. 찬미 씨가 수고하셨지요."

서로 인사를 나누고 수술대를 정리하는 중에 베네노아가 눈을 떴다.

"정신이 좀 드십니까?"

화수의 질문에 그가 살며시 고개를 끄덕였다.

"머리가… 맑아진 기분이군요."

"이제 감정선을 제어할 수 있을 테니 평범하게 살아가십시오."

수술 도구를 모두 챙겨 수술방을 나가려는 화수를 그가 붙잡았다.

"…잠시만요."

"무슨 일이십니까?"

"저를 부하로 삼아주십시오."

"부하요?"

"저를 수술하시고 새로 개조한 것을 알고 있습니다."

베네노아가 화수를 응시했다. 감정선이 없었지만 자신이 무슨 일을 당했는지 기억하고 있었다.

"절 받아주십시오."

베네노아는 아들의 복수를 결심하면서 이미 삶에 미련이

없었다. 게다가 자신의 몸이 정상이 아님을 알고 있었다.

화수는 그를 바라보더니 이내 한 가지 조건을 걸었다.

"좋습니다. 대신 조건이 있습니다."

"말씀하시지요."

"지금의 조직을 개편해 불법 사업을 모두 정리하는 겁니다. 그리고 양지로 나아가는 것이지요."

"양지라……."

"마약, 인신매매, 살인 청부 등 중범죄들을 서서히 청산하고 이 바닥에서 손을 떼는 겁니다."

"그렇게 한다면 저를 받아주실 수 있겠습니까?"

"물론입니다."

그는 흔쾌히 고개를 끄덕였다.

"어차피 오랜 동료가 없어진 조직입니다. 제가 이끌 의미가 없지요. 다만 조직원들의 의사는 물어봐도 되겠습니까? 저 혼자만의 조직은 아니니까요."

"그러시죠. 만약 조직을 이탈하고 싶다는 사람이 있다면 수락하십시오."

"알겠습니다."

베네노아는 즉시 조직원들을 소집했고, 화수는 한국으로 향했다.

* * *

베네노아의 고저택.

이곳에 실베라의 수뇌부가 모두 모여 있었다.

저택의 중앙에 위치한 대형 홀에 나란히 앉아 식사를 나누고 있는 그들 사이엔 무거운 기류가 흘렀다.

베네노아는 자신을 위해 모인 수뇌부들에게 말했다.

"나는 이제 이 바닥에서 손을 뗀다. 조직의 기반을 이어받을 사람들은 이어받아라."

"조직을 버리고 어디로 가신단 말입니까?"

"양지로 나갈 것이다. 그리고 새로운 삶을 시작해야지."

"새로운 삶이라……."

이제까지 실베라가 걸어온 길을 생각하면 양지바른 곳에서 밥벌이를 하는 것은 상당히 어려운 일이다.

그럼에도 불구하고 조직을 버린다는 것은 엄청난 결단이 필요했다.

수뇌부는 그의 결정에 따르기로 했다.

"좋습니다. 그럼 저는 지금 제가 가지고 있는 구역을 가지고 독립하겠습니다."

"저도요."

"그렇게들 하게."

몇몇 중간 보스는 조금 고민하는 눈치를 보였지만 결국엔 분가를 결정했다.

그중에서 두 명이 보스를 따르기로 결정했다.

"저희는 보스와 같이 양지로 나아가겠습니다."

"괜찮겠나?"

"어차피 이 일도 맨땅에 헤딩하는 판국이었습니다. 양지라고 다를 것이 있겠습니까?"

"그래, 그런 정신이면 충분히 성공할 수 있다."

베네노아는 분가를 결정한 보스들에게 말했다.

"내가 마지막으로 부탁 하나 하자."

"말씀하십시오."

"내 휘하에 있는 조직원 중 양지 사업에 뛰어들기 싫은 조직원들을 좀 데려가 주게. 지금의 위치를 보장해 주면서 말이야."

"알겠습니다. 어차피 한 조직에 있던 식구 아닙니까? 저희가 끌어안겠습니다."

"잘 부탁하네."

"걱정 마십시오."

이로써 미국 최대 마약 거래 단체이던 실베라가 총 15개로 나누어져 그 이름을 잃게 되었다.

하지만 그들 중 일부는 주식회사 실베라 홀딩스로 다시 태어나 양지로 나아갈 계획을 세웠다.

5장
산악 야유회

　이수자동차가 한국 시장으로 진입하면서 영업부는 영업총
괄본부로 이름을 변경하였다.

　그리고 영업총괄본부장으로 로이드가 투입되었다.

　그의 직함은 영업총괄본부장이며 회사 내부에서의 직급은
이사였다.

　하지만 조만간 그 역시 부사장으로 진급할 예정이며 일본
지사를 설립하면 그곳까지 총괄할 예정이다.

　원래 조직을 이끄는 능력이 탁월하던 로이드는 주변에서
상재가 꽤 있다는 소리를 들어왔다.

　거기에 배짱과 기질까지 갖추고 있으니 사업가로서 성장

하는 데 거침이 없었다.

　이른 아침 로이드는 아침 운동을 끝낸 후 세면세족까지 완벽하게 마치고 아침을 먹고 있었다.

　리처드가 부스스한 몰골로 일어나 그를 바라보고 말했다.

　"…부지런하군."

　"그렇게 늘어지게 자고 어떻게 자기 개발을 하겠다는 거냐?"

　"요즘 기술 배우느라 하루 종일 잠을 못 자서 그래."

　내년 봄에 대전 신탄진 공장 단지에 부지를 조성하고 설비를 갖추게 될 자동차 공장의 총괄본부장으로 임명된 리처드는 하루에 다섯 시간도 채 자지 못하고 기술을 습득하고 있었다.

　그가 마도병기였다면 이런 일쯤은 아무렇지 않게 해냈겠지만 아쉽게도 리처드는 일반적인 두뇌를 가진 평범한 사람이었다.

　그런 그가 자동차 기술을 익힌다는 것은 그리 쉬운 일이 아니었다.

　거기에 마도학 장비까지 다룰 줄 알아야 하니 머리가 터져 나가도 이상할 것이 없었다.

　로이드는 그런 그를 일부러 나무랬다.

　"어서 일어나서 밥 먹어라. 그러다 늘어져 뱃살 나오겠어."

"…그럴 일 없으니 걱정하지 마."

자리에서 벌떡 일어난 리처드는 주섬주섬 옷을 챙겨 입고 야산으로 향했다.

이 두 사람은 어려서부터 자신의 몸이 튼튼하고 강해야 성공한다고 믿어왔다.

그래서 아무리 힘들어도 운동을 거르는 법이 없었다.

산을 오르는 리처드를 바라보며 로이드는 슬그머니 미소를 지었다.

"독한 놈."

그는 이내 식사를 마치고 회사로 향했다.

                    *   *   *

대전 둔산동에 위치한 총괄본부사무실로 출근한 로이드는 자신보다 10분 일찍 나와 있는 부장들을 바라보며 만족스럽다는 듯 웃었다.

"나오셨습니까?"

"그래요. 이런 자세 아주 좋습니다. 그런 악바리 근성이 조직을 탄탄하게 만드는 겁니다."

"감사합니다."

영업본부에 있는 부장들과 과장들은 대부분 로이드보다 나이가 많거나 비슷하지만 경력이 그보다 많았다.

그럼에도 불구하고 불만을 갖지 않는 것은 그가 가진 능력 때문이었다.

로이드가 총괄본부장으로 부임하고 나자 회사의 영업 이윤은 무려 30%나 높아졌다.

그가 시도하는 모든 프로젝트는 어김없이 성공을 거두었고, 시장에서 이수자동차는 현재 승승장구를 거듭하고 있었다.

총괄본부의 준간부들은 그가 매일 노력하고 분석하는 모습을 보아왔기 때문에 그 능력이 어디서 나오는 것인지 알고 있었다.

또한 자신들에게 똑같이 행동하라면 절대로 그리할 수 없다는 것도 잘 알고 있었다.

그렇기 때문에 불만이 터져 나올 리가 없었다.

이른 아침, 총괄본부에 화수가 방문했다.

"사장님, 나오셨습니까?"

화수는 직원들을 향해 고개를 끄덕였다.

"그래요. 수고가 많습니다."

이윽고 화수는 로이드를 불렀다.

"이사님, 저와 얘기 좀 하시죠."

"예, 알겠습니다."

화수는 로이드를 데리고 사무실로 들어갔고, 두 사람은 원래의 형제로 돌아왔다.

"그나저나 아침부터 여긴 어쩐 일이십니까?"

"자네에게 주고 싶은 것이 있어서."

"주고 싶은 것이요?"

그는 로이드에게 산장 이용권을 건넸다.

"이게 뭡니까?"

"강원도 영월에 있는 초대형 산장이야. 직원들과 워크숍 다녀와."

"이 시국에 말입니까?"

"영업력을 키워야 할 때이기에 워크숍을 가라는 거다. 사람에게 채찍만이 능사가 아니라는 것은 너도 잘 알 거야."

"으음, 그건 그렇지요."

"그러니 이번 주 내로 시간을 정해서 다음 주에는 여행을 떠날 수 있도록 해."

"예, 알겠습니다."

이윽고 화수는 자리에서 일어섰다.

"아참, 형님은 안 가십니까?"

"나는 따로 챙겨서 떠날 사람들이 있다. 너는 영업본부를 맡도록 해."

"알겠습니다."

화수가 사무실을 나가자 로이드는 깊은 고민에 빠졌다.

"스케줄을 조율하기 힘들 텐데……."

산장 야유회만큼 팀워크를 다지기 좋은 수단도 없다.

하지만 그만한 시간을 낼 수 있느냐가 문제였다.

"으음, 이것 참 난제로군."

휴식을 조절하는 것 또한 능력이니 하는 수 없었다.

그는 혼자서 스케줄 표를 붙잡고 씨름에 들어갔다.

* * *

다음 날 아침, 로이드는 임직원들을 모아놓고 워크숍 계획을 발표했다.

"다음 주 금요일에 워크숍을 떠나기로 했습니다."

"워크숍이요?"

"주말을 끼고 있기 때문에 한적하게 놀고 마시면서 친목을 도모할 수 있을 것 같아서 그렇게 잡았습니다."

"하지만 지금은 상당히 중요한 시기입니다만……."

"그래서 떠나야 하는 겁니다. 사장님께선 이럴 때일수록 팀원들 간의 친목이 중요하다고 강조하셨습니다. 그런 이유로 사장님께선 영월에 위치한 초대형 산장 이용권을 선물로 주셨습니다."

그는 인터넷에서 구한 팸플릿을 나누어 주었다.

"10만 평 부지에 위치한 이곳은 글램핑은 물론이고 카약, 래프팅, 서바이벌까지 가능한 종합 유람 단지입니다. 우리 같은 단체 인원이 워크숍을 갖기엔 아주 딱이지요."

"오오!"

"이번 워크숍에는 고기와 술이 무제한으로 제공됩니다. 오고 가는 차비를 비롯해 워크숍에 들어가는 비용은 전액 사장님께서 부담하십니다. 그러니 경리 직원들은 걱정할 필요가 없어요."

"와아아!"

"그리고 이번 워크숍은 전원 참여합니다. 피치 못할 사정이 있는 사람은 월차를 쓰고 빠지면 됩니다."

"그럼 이번 워크숍을 가는 것도 근무 일수에 포함된다는 얘기입니까?"

"그렇습니다. 근무에서 하루를 제외해서 빼는 것이기 때문에 만약 산장이 싫다면 회사에 남아 있으면 됩니다. 그럼 타본부에서 데리고 가 잡무를 보면서 하루를 보내게 될 겁니다. 뭐, 그것도 다른 본부와 친목을 다질 수 있는 기회이니 남고 싶으면 남으시면 됩니다."

근무 일수를 채워주는 대신 전원 참여라는 조건을 내걸었기 때문에 이번 워크숍에 빠지는 사람은 아마 없을 것이다.

"그럼 워크숍 계획은 총무부에서 짜고 타 부서에서 결재해서 진행하십시오. 진행에 대한 것은 일절 관여하지 않도록 하겠습니다."

"예, 알겠습니다."

이윽고 그가 자리에서 일어나 단상에서 내려오자 총무부

장이 예산 편성 안에 대해 설명했다.

"참으로 바쁜 가운데 예산을 편성하는 것이 그리 쉬운 일
은 아니었습니다만, 필요한 물품들은 구비를 해야겠기에 기
꺼이 우리 부서가 희생했습니다."

평소 장난기가 심하기로 유명한 총무부장이기에 말투에서
익살이 툭툭 묻어났다.

"먼저 주대와 식대는 협력 업체에서 모두 지원하기로 했으
니 건드릴 필요가 없고, 나머지 여행에 필요한 구비 물품에
대한 것만 받겠습니다. 제가 나눠 드리는 물품에 이상이 있는
지 확인하고 빠진 물품이 있다면 기재해 주십시오."

사원들은 처음으로 떠나는 워크숍에 대한 기대로 한껏 부
풀어 서류를 검토했다.

＊　　　＊　　　＊

워크숍이 일주일 뒤로 잡히자 업무의 효율성이 무려 두 배
가까이 올랐다.

하루를 비워야 하는 워크숍이기 때문에 사원들은 평소보
다 훨씬 더 열심히 일하고 심지어 수당이 없는 잔업까지 마다
하지 않았다.

로이드는 이것이 바로 화수가 말한 당근이라는 것이 발휘
한 힘이라는 것을 알 수 있었다.

그는 각 부서의 부장들이 가져온 서류를 받고는 속으로 감탄사를 연발했다.

'역시 형님이시군. 이런 말도 안 되는 성과를 올리다니……'

화수는 이미 제국군 총사령관으로서 엄청난 인원을 이끌고 대륙을 통일한 업적을 세운 위인이다.

대륙에서는 그를 두고 위대한 카미엘이라고 불렀으니 그가 가진 리더십은 두말할 필요가 없었다.

로이드 역시 한 집단의 수장으로서 살아왔지만 정상적인 방법으로 사람을 다루는 일에는 조금 서툰 면이 없지 않아 있었다.

'역시 세상엔 배울 것이 참 많아.'

남몰래 밤마다 부족한 것에 대해 공부하고 매일 복습하는 그로선 하루가 너무나도 짧았다.

"이렇게 일하다간 팀원들이 쓰러지는 것 아닙니까?"

미소를 띤 로이드가 기분 좋은 쓴소리를 하자 팀장들이 멋쩍게 웃었다.

"하하, 저희도 놀라는 중입니다. 워크숍 하나에 이렇게 엄청난 성과가 나타나다니. 가끔은 이렇게 회사 행사를 갖는 것도 좋은 일이라고 생각합니다."

"확실히 그렇군요. 이번에 사장님께 건의해서 겨울이 오기 전에 회사 전체 회식을 겸해서 체육대회를 개최하도록 하겠습니다. 장기자랑이나 야유회도 좀 준비하고요."

"좋은 생각이십니다."

로이드는 모든 서류에 서명하는 것으로 남은 업무를 모두 종료했다.

"저는 이제 여행을 떠날 차비만 하면 됩니다. 나머지 부서들은요?"

"이사님께서 가장 늦게 준비하실 것 같군요. 저희는 결재만 기다리고 있었습니다."

"아하, 그렇군요."

고개를 끄덕인 그는 사무실을 나섰다.

"내일 봅시다."

"예, 이사님."

로이드는 내일 있을 야유회를 위해 일찍 집으로 향했다.

* * *

다음 날 아침, 로이드는 회사에서 출시한 엡솔루트 쿠페를 타고 회사에 출근했다.

부아아아아아앙!

그는 청바지에 흰색 티셔츠만 한 장 걸치고 있었을 뿐인데 상당히 멋들어지는 옷걸이가 되었다.

거기에 패션 팔찌와 선글라스까지 착용하니 영락없는 바

캉스 패션이 되었다.

회사로 향하는 길, 그는 눈에 익은 사람들과 마주쳤다.

빠앙!

경리과에 있는 여직원들이다.

"타십시오."

"이사님?"

"회사까지 가시는 것 맞죠?"

"네!"

"같이 갑시다!"

버스를 타고 회사까지 가려던 여직원들은 환호성을 지르며 차에 올라탄다.

"감사합니다!"

"아닙니다. 가끔은 이렇게 카풀을 하는 것도 좋겠군요."

"하지만 출근 시간이 맞지 않으니 불가능해요."

"앞으로는 회사에 카풀 제도를 안착시켜야겠습니다. 같은 시간대에 회사에 출근하는 사람들끼리 함께 다닐 수 있도록요."

"아하! 그것참 좋겠네요."

"함께 다니는 사람이 기름값만 조금 부담하면 되니 그 사람도 좋고 타고 다니는 사람도 좋은 일 아니겠습니까?"

"그러네요."

버스 요금이 1,000원대 후반을 호가하니 1리터에 40km 가까이 운행하는 이수자동차의 기종이라면 차라리 이득이다.

　로이드는 세 명의 여직원을 데리고 가면서 회사 내부에 있는 부조리나 불편함에 대해 물었다.

　"불만이나 애로사항 같은 건 없습니까?"

　"저요!"

　"말씀하시죠."

　"구내식당 밥이 너무 맛없어요!"

　"으음, 밥이 맛이 없다? 그것참 문제군요. 그렇게 많은 예산을 투자하는데도 맛이 없다니. 다른 사람들도 같은 생각입니까?"

　"저희 경리과는 점심에 라면 먹는 사람이 태반이에요. 반찬이 너무 맛없다고요."

　"흐음, 어디서부터 잘못된 것인지 모르겠군요. 중간에서 돈이 새나?"

　"아무래도 식자재가 부족하게 들어오는 것 같아요."

　"그렇군요."

　로이드는 차가 정차 신호를 받는 동안 자신의 메모장에 구내식당 문제에 관해 메모했다.

　"식자재도 부족하고 맛도 없다?"

　"네."

　"알겠습니다. 사장님께 건의해서 구내식당을 한번 갈아엎도록 해야겠어요."

"제발 좀 그래주세요. 도저히 먹을 수가 없어요."

"회사의 심장이나 다름없는 영업 본부에서 이런 일이 발생하다니, 사장님께서 화를 내시겠는데요."

이윽고 그는 차를 출발시키며 다른 문제에 대해서도 물었다.

"그리고 다른 문제는 없습니까? 회사 생활에 걸림돌이 되는 것이라든지 말입니다."

"있어요!"

"말씀하시죠."

"옥상을 개방해 주세요. 점심시간에 쉴 공간이 없어요."

"아하, 그렇군요. 알겠습니다. 그럼 옥상을 개방하고 그 안을 리모델링해서 직원들이 쉴 수 있는 공간을 최대한 만들어보겠습니다."

"감사합니다!"

로이드는 화수의 가르침대로 당근과 채찍을 적절히 사용하는 방법을 익혀가는 중이었다.

*　　　*　　　*

영월의 산 중턱에 위치한 펜션 단지.

직원들은 뻥 뚫린 자연경관에 감탄사를 연발했다.

"와아! 장난 아닌데?!"

"이렇게 좋은 곳이 있었다니……."

일에 치여 그냥 그러려니 하며 별다른 기대 없이 이곳까지 온 로이드 역시 수려한 자연경관에 입을 떡 벌렸다.

"이게 바로 휴양이구나."

이윽고 그는 직원들과 함께 차에서 짐을 내렸다.

"짐을 내려서 글램핑장으로 가지고 갑시다."

"예, 이사님."

남자들은 짐을 옮기고 여자들은 글램핑장에서 먹고 마실 음식과 술을 준비했다.

일반 가정에서 온 것이 아니라 회사에서 온 워크숍이라서 그런지 노는 사람은 찾아볼 수가 없었다.

하지만 일을 하면서도 연신 미소가 떠나지 않고 있었다.

'오길 잘했군.'

로이드는 부하들을 다루는 데 비단 다그침과 독려만이 다가 아니라는 것을 새삼 깨닫게 되었다.

약 한 시간 후, 짐 정리와 음식 준비가 모두 끝났다.

로이드는 산장에서 받아온 참숯에 불을 붙이고 바비큐 파티를 시작했다.

"음식은 많으니 마음껏 드시기 바랍니다."

"감사합니다!"

지금 시각은 오후 세 시.

한껏 배가 고플 시간이기에 일단 먹고 나머지 일정을 소화

할 예정이다.

로이드는 돼지고기와 해산물을 구워 골고루 나누어 주었고, 직원들은 음료수와 함께 음식을 즐겼다.

그 행렬에 함께한 로이드에게 여직원들의 쌈 행렬이 이어졌다.

"이사님, 아!"

"제, 제가 먹겠습니다."

"에이, 그러지 말고 드세요. 아!"

"아아……."

집이 아닌 회사에서 이런 쌈을 받아먹으니 기분이 참으로 묘해지는 로이드였다.

늦은 점심 식사가 끝난 후 로이드는 직원들과 함께 서바이벌장으로 향한다.

이곳에 있는 서바이벌장은 각종 보호 장비가 갖춰져 있고 BB탄 총이 구비되어 있었다.

BB탄을 방어하기 위해 착용하는 슈트는 충격 완화 장치가 되어 있어 총알을 맞아도 고통을 느낄 수 없었다.

다만 BB탄이 옷에 닿으면 장비 안에 든 먹지가 터지고 그것이 전기판을 건드려 정전기를 일으키는 구조로 타격 판정을 내리게 된다.

레이저건과 비교했을 때엔 타격 판정이 정밀하지 못하지

만 재미로 즐기는 서바이벌에 그런 것은 중요치 않았다.

로이드는 본부의 직원들을 네 갈래로 나누어 점령전을 펼치기로 했다.

총 10라운드로 진행되는 게임은 공정하게 산장 직원이 심판을 보면서 진행하기로 했다.

"시작!"

부서와 상관없이 배치된 병력은 형평성은 거의 고려하지 않은 구성이었다.

특히나 로이드의 팀은 거의 대부분이 여자라서 작전을 수행하는 데 큰 무리가 있어 보였다.

오늘 서바이벌의 우승 상품은 면세점 20만 원 상품권이었다.

면세점에서 20만 원 상당의 상품권을 이용한다면 중고가의 명품 백 정도는 무리 없이 구매할 수 있을 것이다.

로이드는 게임이 시작되자마자 직원들을 자신의 등 뒤로 세웠다.

"저를 따라서 이동합니다. 그러다 멈추라고 하면 멈추고 가라고 신호하면 다시 가면 됩니다."

"네, 네."

아무리 재미로 하는 게임이라지만 총기가 익숙하지 않은 여직원들에게 전동 건은 무겁고 무서운 물건이었다.

"이, 이사님, 무서워요!"

"괜찮습니다. 떨 것 없어요. 저 사람들도 인간이고 우리도 인간입니다. 쏘면 맞고 게임은 끝나게 마련이에요."

"네."

여직원들만 데리고 돌격하느라 진격이 상당히 늦은 로이드 팀은 다른 팀의 비웃음을 사고 있었다.

"오늘 상품은 아무래도 우리가 타겠군."

"상품권 타서 여자 친구 가방이나 사줘야겠어. 오랜만에 기 좀 살리게."

"하하하하!"

그들의 도발에 넘어가는 것은 성질 급한 여자들이었다.

"에잇! 이런 나쁜 사람들!"

하지만 그러면 그럴수록 게임은 쉽게 끝났다.

핑핑핑!

퍽!

삐~

"52번 사망!"

"히잉……."

"53번 사망!"

"으윽……."

줄줄이 죽어나가는 부하들을 바라보며 로이드는 고개를 가로저었다.

"아무리 게임이지만 너무들 하는군."

"이사님⋯⋯."

그는 결국 굳게 결심했다.

"안 되겠어요. 제가 이번 라운드를 끝내고 참호를 점령하 겠습니다."

"호, 혼자서요?"

"할 수 있어요. 여러분께선 제가 달려가면 그저 전방을 향 해 무작정 총만 쏘면 됩니다. 사격 방법은 숙지하고 있지요?"

"네!"

"그냥 적 방향으로 쏘기만 하면 됩니다. 간단하죠?"

"네!"

이윽고 로이드는 아웃당한 동료들의 총기류 중에서도 사 격 속도가 빠른 총을 한 자루 집어 들었다.

그리고 등에는 망원경이 달린 소총을 매달았다.

"간만에 벌이는 전투군."

로이드는 한차례 호흡을 가다듬은 후 돌격하며 외쳤다.

"사격!"

핑핑핑핑!

무작위로 날아오는 총알이지만 알고 쏘는 총알보다 훨씬 더 무서웠다.

"에잇, 저 여자들 좀 보게! 아무 데나 쏘면 되나?"

"몰라요!"

두두두두두!

로이드는 그녀들이 사격하는 방향을 따라서 신속히 이동한 후 곧바로 방향을 틀어 적의 후방으로 접근했다.

사방에서 사격 소리와 함께 함성이 울려 퍼지고 있어 로이드의 행보를 아는 사람은 심판뿐이었다.

이윽고 그는 1팀 후방으로 접근해 총을 난사했다.

두두두두두두!

"뭐, 뭐야?!"

"1팀 전원 사망!"

"에, 에엥?!"

슬그머니 미소를 지은 로이드는 아웃당한 인원의 탄창을 빼앗아 점령지로 향했다.

이곳에선 두 팀이 서로 짜고 점령지를 지키고 있었다. 로이드는 우선 좌측을 치기로 했다.

원형으로 생긴 참호는 엄폐가 가능한 구조물들로 둘러싸인 가건물이었다.

구조물만 제대로 이용한다면 충분히 공략이 가능했다.

로이드는 좌현에서 열심히 사격하고 있는 2팀에게 무차별 사격을 가했다.

두두두두두!

"1번, 2번… 15번 아웃!"

"어, 어라?!"

순식간에 아웃당한 2팀의 절반이 참호를 나갔고, 로이드는 그 틈을 타 우현으로 돌입했다.

그는 얇은 철문으로 닫혀 있는 우현의 입구를 발로 차고 돌입했다.

콰앙!

"으음?"

두두두두두두!

"허, 허억!"

"20번, 21번… 35번 아웃!"

이제 남은 것은 얼마 되지 않은 잔류 인원들.

로이드는 다시 여직원들에게 달려갔다. 그리곤 고지를 향해 돌격을 외쳤다.

"명품 백을 위해 돌격!"

"와아아아아!"

명품을 위한 그녀들의 열망은 대단했고, 이제 겨우 다섯 명뿐인 잔류 인원은 속절없이 당할 수밖에 없었다.

"게임 아웃! 4팀 승리!"

"와아아아아!"

"다음 게임부터는 4팀이 진지를 점령하고 게임을 시작하겠습니다."

직원들이 로이드에게 달려들었다.

"이사님 최고!"

"와아아아아!"

"어, 어허! 거, 거긴……."

그녀들은 몸으로 들이밀며 로이드의 이곳저곳을 더듬었고, 그는 당혹스러움에 혀를 내둘렀다.

아마도 그녀들은 처음부터 로이드의 몸이 탐난 것인지도 몰랐다.

＊　　　＊　　　＊

BB탄 총 싸움을 끝내고 난 후 한껏 땀을 흘린 일행은 아직 따사로운 햇살이 내리쬐는 야외 수영장으로 향했다.

그리곤 온수를 받아놓은 수영장에서 물총 싸움을 벌였다.

촤라라라락!

"와아아아아!"

"이거나 먹어라!"

100명이 넘는 사람들이 벌이는 물총 싸움은 장관을 연출했고, 적도 아군도 없는 물총 싸움은 30분 넘게 이어졌다.

하지만 풀장에 온수를 받아놓았기 때문에 감기에 걸린 사람은 아무도 없었다.

서바이벌에 물총 싸움까지 해 기진맥진한 직원들은 각자의 방으로 돌아갔다.

로이드 역시 오랜만에 힘을 쓰서 상당히 허기 진 상태였지만, 먼저 지배인에게 몇 가지 지시를 해야 했다.

"바비큐를 준비해 주십시오."

"네, 알겠습니다."

"주류는 모두 저희가 준비해 두었으니 불만 피워 주십시오."

"예, 이사님."

비로소 그는 숙소로 돌아가 물기를 닦아내고 곧바로 긴팔 티셔츠와 반바지로 갈아입고 캠핑장으로 향할 수 있었다.

대부분 집에서 가지고 온 편안한 옷차림의 직원들 모습은 마치 이수자원의 야유회 풍경을 보는 것 같았다.

'그래, 이 또한 가족이 아니겠어?'

그는 직원들에게 다가가 자리를 잡았다.

"좀 앉아도 괜찮죠?"

"물론입니다. 한 잔 받으시죠."

"좋지요."

로이드는 부서의 경계 없이 섞어 글램핑 텐트에 앉아 술잔을 기울였다.

"건배 한번 합시다! 우리의 건승을 위하여!"

"위하여!"

그렇게 야유회의 밤은 깊어갔다.

6장
난데없는 일이 벌어지다

　이수자동차의 영업 매출이 무려 5만 건에 육박하고 있었다.

　이것은 베트남 공장을 풀가동시켜도 한 달 보름은 일해야 겨우 뽑아낼 수 있는 물량이다.

　화수는 한국에서만 뽑아낸 계약이 5만 건이라는 것을 감안해 조금 더 많은 생산 라인을 확보해야 한다고 생각했다.

　하지만 경영진의 생각은 조금 다른 듯했다.

　전희수 부사장은 이수기업의 자금 사정에 대해서 역설했다.

　"현재 일부 상환 금액만을 받아서 공장을 가동시키기엔 문제가 좀 있습니다. 각종 기업 행사로 인해 자금 결여가 생겨버린 탓이지요."

"으음."

"아무리 우리가 펼치고 있는 사업이 번창하고 있다고는 하지만 그건 어디까지나 임시방편에 불과합니다. 철도물류의 경우만 해도 수익금의 1/3을 다시 재투자하고 있는 상황에 세금까지 내고 나면 남는 것이 별로 없습니다. 중고차 재생의 경우에도 그렇고요."

"그렇군요."

화수가 또 다른 돈주머니를 차고 있다면 모를까, 지금은 돈이 나올 구멍이 그렇게 많지 않은 상황이다.

"그나마 베트남 쪽에서 지속적으로 돈을 벌어주고 있기에 망정이지 그렇지 않았다면 벌써 자금이 동났을 겁니다."

아무리 짜임새 있는 경영을 하고 있다고 해도 최근 들어 기업에서 벌인 사업은 모두 신생이다.

그러니 수익률이 그렇게 좋을 리가 없었다.

"예상은 했지만 자금 압박이 꽤나 빨리 오는군요."

"자동차 런칭에 돈이 너무 속절없이 빠져나가서 그렇습니다. 원래 예측과 실무는 상당수 괴리감이 생기는 법이니 어쩔 수 없다고 할 수 있겠습니다."

"그렇군요."

"그런데 지금 가장 심각한 것은 원자재 수급에 문제가 생겼다는 것이죠."

"그게 무슨 말입니까?"

이윽고 이수자원 경리담당 사원이었다가 회사가 확장하면서 과장으로 진급한 김소라가 자금 출납에 대해 설명했다.

"불과 한 달 전까지만 해도 톤당 8만 원 선에서 왔다 갔다 하던 철광석 값이 어느새 12만 원까지 치솟았어요."

"원자재 값이 그렇게까지 올랐단 말입니까?"

"원래대로라면 강철 값이 지금보다 약 30%가량 저렴해야 정상인데 그렇지가 못하니 예상치 못한 적자가 누적되고 있는 것이지요."

"사정이 참으로 힘들게 되었군요."

"잘못하면 이번 달은 적자로 인해 자동차를 찍어내는 족족 빚을 갚아야 할 판이에요."

원자재 값이 이렇게까지 올랐다는 것은 심각한 문제였다.

"일단 제가 거래처에 전화를 해보겠습니다. 가격을 조정할 수 있는지 물어봐야겠어요."

"아마 힘드실 거예요."

"그게 힘들다면 제가 자금을 마련할 때까지 기다려 달라고 해봐야지요."

"그럼 저희는 계속해서 프로젝트를 진행하면 되는 겁니까?"

"그렇게 하세요."

아침부터 회사 내부에 짐짓 무거운 분위기가 감돌았다.

*   *   *

현재 이수자동차는 호주와 미국 등지에서 철광석을 직접 수입해서 자동차 겉면을 만드는 프레스 공정을 진행하고 있었다.

겉면을 만드는 프레스 공정에서 주재료인 철광석 값이 이렇게까지 올라버린다면 자동차회사로선 심각한 타격을 받을 수밖에 없었다.

철근이나 철판 같은 제강회사라면 몰라도 자동차 값은 크게 변동시킬 수가 없기 때문이다.

화수는 호주의 거래처에 전화를 걸었다.

원활한 가격 조정을 위해 협상을 시도했지만 그들은 생각보다 사정이 꽤 심각하다며 앓는 소리를 했다.

─우리라고 그렇게 드리고 싶겠습니까? 하지만 물건이 없는 것을 우리인들 어쩌겠습니까?

"물건이 없습니까?"

─최근 몇 개월 사이에 철광석이 아주 씨가 말랐습니다. 우리도 여러 회사에 동시에 납품하고 있습니다만, 원하는 만큼 제공을 못해드리는 실정입니다. 그나마 그쪽 회사가 주 거래처이기 때문에 최대한 물량을 맞춰드리고 있는 것

이지요.

이곳은 이수자동차가 하이타자동차일 때부터 거래하던 주 거래처이다.

아마도 이들 역시 지금 사정이 몹시 좋지 않은 것이 틀림없었다.

"그럼 상환 날짜를 조금 미뤄주시면 안 되겠습니까?"

—상환 날짜를요?

"철 값이 갑자기 오르는 바람에 자금력 동원을 다시 해야 할 상황이 되어버렸거든요."

—으음, 날짜를 얼마나 미룰 생각이신데요?

"한 보름쯤?"

상대 회사는 깊은 고민에 빠졌다.

—원래 원자재라는 것이 현금 유동이 많은 쪽이라서 대금 결재가 며칠 미뤄지는 경우도 있지요. 하지만 결재가 너무 길어지면 우리도 상당히 곤란해집니다만.

"이 날짜는 꼭 지킬 겁니다."

—흐음.

"부탁 좀 드립니다."

—알겠습니다. 일단 결재일을 미루는 것으로 최종 승인을 내어놓겠습니다. 하지만 우리가 배려를 해드리는 만큼 나중에 철 값을 조금 더 쳐주십시오.

"얼마나 더 드리면 좋겠습니까?"

—배송비에서 톤당 십만 원 더 주십시오.

1톤당 십만 원이라는 금액은 언뜻 들으면 그렇게 큰 금액이 아니지만 전체적으로 보면 꽤 부담이 되는 가격이다.

하지만 지금은 화수가 궁지로 몰린 상황이니 어쩔 수가 없었다.

"그래요. 그렇게 합시다. 한 발자국 물러나 주셨으니 우리도 은혜를 갚아야지요."

—감사합니다. 그럼 이번 배송은 곧바로 시작하는 것으로 결재 올리겠습니다.

"이 은혜는 절대 잊지 않겠습니다."

전화를 끊은 화수는 한숨을 내쉬었다.

"후우, 사업이라는 것이 생각보다 쉽지가 않구나."

원래 사업은 파도가 많은 것이 정석이라곤 하지만 이따금 찾아오는 사건들이 쉽게 풀리지가 않았다.

하지만 이 또한 풀릴 것을 믿어 의심치 않는 화수다.

그는 자금 변통을 위해 걸음을 옮겼다.

*　　　*　　　*

이른 저녁, 화수는 청주에 있는 한 선술집에서 베트남 사업가 호앙을 만날 수 있었다.

그는 사업차 한국에 들렀다가 화수의 사정을 듣고 직접 돈을 변통해 주기 위해 찾아온 것이다.

화수는 그에게 깊이 고개를 숙였다.

"감사합니다. 돈을 빌려주기 위해 직접 찾아오시다니, 이것 참 면목이 없군요."

"아닙니다. 제가 강 사장님께 받은 도움이 얼마인데요. 당연한 일입니다."

그는 화수에게 담보 없이 돈을 빌려주기로 했다.

"내일 중으로 입금될 겁니다. 차용증은 저와 사장님이 이자리에서 작성하고 이율은 1년 안에 갚는다면 없는 것으로 하시지요."

"그래도 괜찮겠습니까?"

"그냥 개인적으로 돈을 빌려드리는 일이니 너무 사무적으로 생각하지 않으셔도 됩니다. 다만 차용증은 세관에서 난리를 칠 것이 분명하니 쓰는 겁니다. 요즘 비자금 사건이 줄줄이 터지는 바람에 시국이 좋지 않거든요."

"그런데도 이렇게 돈을 변통해 주셔도 괜찮겠습니까?"

"괜찮습니다. 차용증까지 쓴 마당에 저들이 뭐라고 할 말이 있겠습니까?"

호앙은 자신의 노트북에서 찾아낸 차용증 양식을 선술집 근처에 있는 PC방 프린터를 이용해 출력하여 가지고 왔다.

"급하게 뽑느라 조금 허술하긴 합니다만 어차피 근시일 내에 갚을 것이니 크게 신경 쓰지 마시지요."

"감사합니다."

차용증에는 언제 어디서 계약이 이뤄졌으며, 돈이 입금되기로 한 날짜에 맞춰서 효력이 발생한다고 명시되어 있었다.

서류를 모두 다 꾸민 두 사람은 차용증을 한 장씩 나누어 가졌다.

"좋지 않은 일로 뵙게 되니 뭐라 드릴 말씀이 없네요."

"괜찮습니다. 사업을 하다 보면 이런 일도 있고 저런 일도 있는 법이지요."

이윽고 두 사람은 술잔을 기울이며 이번 원자재 폭등에 관해 얘기를 나눴다.

"그나저나 무슨 원자재 값이 그렇게 많이 뛸 수 있단 말입니까?"

"시중에 물량이 별로 없는 것 같더군요. 저도 모르는 사이에 꽤 많이 올랐더군요."

"철광석 생산량은요?"

"변동이 없다고 들었습니다. 생산은 예전과 비슷한데 가격만 오른 셈이지요."

"으음, 갑자기 수요가 많아져서 그럴까요?"

화수는 지금까지 자신이 알아본 바에 대해 설명했다.

"산지에서 철광석을 캐낸 채굴업자들은 이번 시즌에 아주 짭짤하게 재미를 보았다고 했습니다. 거래처 중에는 산지에서 직접 철광석을 보내오는 사람들도 있거든요. 그런데 웃긴 것은 원자재 수출업자들은 요새 철광석이 없다고 난리입니다."

호앙은 살며시 인상을 찌푸렸다.

"뭔가 좀 이상하군요."

"그렇지요?"

"누군가 사재기를 하지 않고서야 이런 일이 벌어질 수가 없는데 말이죠."

"제 생각도 같습니다. 누군가 작정하고 산지에서 철광석을 빼돌린 것 같습니다."

"하지만 철광석이 한두 톤 생산되는 물건도 아니고 누가 그렇게 매점매석을 할 수 있단 말입니까? 그 양이 실로 엄청 날 텐데요."

"저도 그게 의문입니다. 지금 판이 돌아가는 꼬락서니를 보아하니 누군가 매점매석을 하고 있는 것은 분명한데 이 엄청난 양을 도대체 어떻게 수용하고 있느냐는 것이지요."

"으음."

만약 지금 이 일이 남의 일이라면 모를까, 화수에게는 엄청난 타격이 되고 있으니 고민이 되지 않을 수가 없었다.

"아무튼 철광업자가 이번 물량을 보내주기로 했으니 다행입니다. 사장님께서 변통해 주신 돈으로 자재 값을 막으면 그다음부터는 그렇게 큰 문제는 없을 것이니 말이죠."

"다행이군요. 이로써 마무리가 된다니 말입니다."

"다 사장님 덕분입니다."

"하하, 뭘요. 저는 사장님께서 도와주셔서 이렇게 재미를 보고 있는데 그냥 지나칠 수가 있습니까?"

그는 화수에게 은색 슈트케이스를 건넸다.

"이게 뭡니까?"

"선물입니다."

슈트케이스를 열어보니 무기명채권이 들어 있다.

"사, 사장님……?"

"제 성의입니다. 지금까지 제대로 된 선물 한 번 해드린 적이 없는 것 같아서요."

"그렇지만……."

"무려 청방과의 트러블을 해결해 주셨는데 이 정도는 당연히 해드려야지요."

"하지만 저에게 사업권을 넘겨주셨잖습니까?"

"그건 공적인 것이고요. 그리고 그건 제 회사 입장에서도 당연한 일이었습니다. 하지만 이건 제 개인적인 사례입니다."

"아무리 그래도 이건 너무 액수가 큽니다."

화수는 지금 육안으로는 도무지 액수를 계산할 수 없는 슈트케이스를 바라보며 아연실색했지만, 그는 연신 그에게 돈을 권했다.

"뇌물도 아니고 불법 증여도 아닙니다. 그러니 부디 부담 없이 받아주셨으면 좋겠습니다."

"그, 그래도……."

그의 선물을 되돌려 주려는 화수에게 호앙이 말했다.

"어려울 땐 서로 돕는 것이 파트너입니다. 지금 사장님이 무너지면 저 또한 엄청난 타격을 받으니 이건 투자라고 할 수도 있겠군요. 비록 변통을 부탁하신 돈보다는 적습니다만, 그냥 성의라고 생각해 주십시오."

그제야 화수는 돈을 받기로 했다.

"알겠습니다. 그럼 제가 이번 위기를 넘기면 그에 대한 성의 표시를 하겠습니다. 그 정도는 괜찮지요?"

"마다하지 않겠습니다."

두 사람은 서로 손을 맞잡았다.

*　　　*　　　*

돈도 구했으니 이제 생산에 박차를 가할 차례였다.

화수는 베트남 공장에 생산량을 최대로 늘리라고 지시했고, 거래처에도 물량 조달을 최대한 빨리 해달라고 부탁했다.

하지만 그들은 불과 삼 일 만에 태도를 바꾸었다.

"그, 그게 무슨 소리입니까?! 철광석을 못 주겠다니?!"

—미안합니다만, 철광석 값이 너무 많이 올라서 재조정을 하지 않으면 넘길 수 없게 되었습니다.

"구두 계약까지 모두 끝낸 마당에 그게 말이 되는 소리입니까?!"

—저희도 어쩔 수 없어요. 철광석이 없는 것을 어쩝니까? 그렇다고 사장님께 전량을 다 드리면 우리는 지금 이 상황에 손가락이나 빨라는 말입니까?

"값이 올랐다고 계약을 파기하겠다니……."

—파기가 아니라 재협상입니다.

그들은 지금 화수에게 기존 값의 두 배가 넘는 톤당 20만 원을 요구하고 있었다.

화수로선 도무지 이해를 할 수 없는 일이었다. 그리고 보내 줄 수 있는 양도 터무니없이 적었다.

만약 이대로라면 생산에 차질이 생길 정도이다.

"조, 좋습니다. 돈은 얼마든지 더 드릴 테니 양은 똑같이 맞춰주십시오."

—그건 좀 어렵겠군요.

"어째서 그렇습니까? 제대로 값을 치르고 수입하겠다고 말하지 않습니까? 그럼에도 불구하고 원래 예정대로 받아야 할 물량을 받지 못하다니 무슨 이유입니까?!"

—지금 국제 정세가 그래요. 철 값이 너무 많이 올라서 사들이는데도 힘이 부칠 지경입니다. 이러다간 우리가 먼저 부

도나게 생겼습니다.

화수는 어처구니가 없어 헛웃음을 삼켰다.

"허참, 이런 말도 안 되는 경우가 다 있나?"

ー만약 다른 기업을 알아보실 게 아니라면 그냥 계약하시죠. 저희도 물건이 확보되는 즉시 보내드리겠습니다. 그러니 이번 한 번만 물러나 주십시오.

원자재 때문에 돈까지 빌린 마당에 갑자기 물건을 못 대주겠다니 미칠 노릇이었다.

"물러나고 자시고 지금 당장 어떻게 그 많은 물량을 조달합니까? 그래서 우리가 당신들 회사와 협력하고 있었던 것 아닙니까? 아무리 사정이 힘들어도 그렇지 이렇게 헌신짝 버리듯 우리를 버리는 경우가 어디에 있어요?"

수출상사는 화수가 협상에 의지를 잃었다고 생각했다.

ー그렇게 불만이시면 다른 회사를 알아보십시오. 안 그래도 물건 보내달라고 목을 매는 회사들이 줄을 섰습니다.

"…진심입니까? 다음부터는 아예 우리와 거래를 할 수 없을 텐데요?"

ー별수 있습니까? 어쩔 수 없지요.

이윽고 그는 화수와의 통화를 말도 없이 끊어버렸다.

뚜우뚜우ー

"여보세요?! 여보세요?!"

콰앙!

분한 마음에 책상을 내려친 화수는 거친 숨을 몰아쉬었다.

"제기랄! 제기랄!"

이대로라면 정말 생산에 차질이 생길 수도 있었다.

지금 당장 다른 루트를 알아봐야 할 것 같았다.

그는 정보부를 소집했다.

화수의 명령으로 모여든 정보부는 이번 사건이 꽤나 복잡하게 꼬여 있다고 입을 모았다.

특히나 로이드는 지금 거래를 끊어버린 회사 역시 그들과 한패라고 생각하고 있었다.

"아무리 생각해도 타이밍이 너무 기가 막히지 않습니까? 하필이면 지금 이때 공급을 중단하겠다니 작정하고 값을 올리려는 것이 틀림없습니다."

"제기랄! 믿었던 놈들이 뒤통수를 칠 것이라곤 전혀 생각하지 못했다."

"원래 이 바닥에 좀 더러운 편입니다. 남을 살리자고 자신이 희생한다면 회사가 망하니 어쩔 수 없는 선택을 하게 되는 것이지요."

로이드는 이번 사건을 해결하기 위해선 산지로 직접 가서 업자들을 만나봐야 한다고 생각했다.

"저와 함께 미국으로 가시지요. 그곳에서 제 지인을 만나서 전후 사정을 말한다면 밀수로라도 물건을 구할 수 있을 겁니다."

"지인?"

"예전부터 무역업을 하던 사람입니다. 신용이 좋고 의리가 두터워서 아무에게나 인기가 많은 편이지요."

밀수로 무역을 한다는 것은 합법적인 사업과는 조금 거리가 있다는 소리지만 지금 이 상황에선 가릴 것이 없었다.

"그래, 그렇게 하지. 일단 우린 미국으로 건너가 물건을 구할 테니 리처드와 다른 사람들은 계속해서 가격이 오르도록 부추기는 놈이 누구인지 알아보도록."

"필요하다면 무력을 사용해도 좋습니까?"

"분쟁이 생기지 않는 선에서는 그래도 좋다."

"알겠습니다."

투하는 로이드와 함께 미국행을 결정했다.

"저 역시 따라가겠습니다. 제가 따라가는 편이 여러모로 도움이 될 것입니다."

"으음, 그럼 그렇게 합시다. 투하 씨는 우리와 함께 미국으로 건너가고 리처드와 마오는 중국으로 가도록."

"예, 알겠습니다."

일행은 두 갈래로 갈라져 각각 행선지로 발걸음을 옮겼다.

*　　　*　　　*

미국에서 밀매업을 하는 조이는 요즘 미국 시장에도 철광석의 품귀현상이 일어나서 그쪽으론 손을 대지 않는다고 했다.

로이드의 부탁으로 뉴욕에서 로스엔젤리스까지 날아온 그녀는 지금 화수의 물건을 조달하는 일은 무척이나 어렵다며 고개를 가로저었다.

"지금 당장 그 많은 물건을 구하기란 쉽지 않아."

"그럼 일부분만이라도 조달할 수 없겠나?"

"며칠은 버틸 수 있겠지. 하지만 결정적으로 물건을 풍족하게 구할 수 없어 웃돈을 주고 구할 수밖에 없을 거야. 요즘 상인들이 너도나도 창고를 걸어 잠그는 바람에 도무지 물건을 구할 수 없거든."

"철 값이 올랐으니 철을 쥐고 있다가 정점에 오르면 팔겠다는 건가?"

"아마도. 누가 매점매석을 한 것인지는 몰라도 이대로 가다간 아무도 철을 내놓지 않을 것은 확실해."

조이는 화수에게 나흘 치 철을 담아놓은 컨테이너박스의 위치와 열쇠를 건네주었다.

"이것을 가지고 일단 한국으로 돌아가세요. 내가 철은 최대한 구해볼 테니."

"감사합니다."

"하지만 그동안 다른 거래처를 함께 알아보시는 편이 좋아요. 어지간해선 지금 이대로 철강산업을 돌리기는 힘들 테니 말이죠."

"알겠습니다."

로이드는 지금 이 현상에 대해서 물었다.

"그나저나 이렇게 엄청난 사재기를 할 수 있는 사람이 존재하긴 하는 건가?"

그녀는 고개를 끄덕인다.

"있어. 한 사람."

"누군가?"

"이른바 빅 핸드, 큰손이라고 불리는 사람이지."

"큰손?"

"뒷골목에서 밀거래를 하는 사람들이라면 한 번쯤 들어왔을 거야. 각종 농수산물을 비롯해서 원자재까지 가격이 오를 수 있는 물건이라면 종류를 가리지 않고 사재기를 해대지. 심지어는 한국 제사 시즌에 사용될 배와 사과까지 매점매석하는 자식이야. 돈이 된다면 수단과 방법을 가리지 않지."

"지독한 놈이군."

"아무래도 내 생각엔 그놈이 손을 쓴 것 같아. 그렇지 않고서야 이렇게 엄청난 품귀현상이 일어날 수가 없거든."

화수는 그녀에게 큰손의 역량에 대해 물었다.

"그가 사재기할 수 있는 양은 얼마나 됩니까?"

그녀는 자신의 손바닥에 뭔가를 적어가며 계산했다.

"으음, 그러니까… 정확히 알 수는 없지만 대략적으로 3/4가량을 가지고 있는 것 같아요."

"그, 그렇게나 많은 양을 사재기할 수 있단 말입니까? 도대체 그 많은 물량을 어디에……."

"세력을 분산시키면 가능합니다. 값은 충분히 조달할 수 있을 정도고요. 1년에 약 22억 톤가량이 생산되니까 원산지에서 직접 사들인다면 아무리 비싸도 200억 달러 내외로 끊을 수 있잖아요?"

"그렇긴 하지만……."

"당연히 그게 쉽지는 않아요. 하지만 내가 말했잖아요. 꽤나 오래전부터 매점매석을 해왔다고. 아마 그들은 이 세상에 나무 씨가 마른다면 어떻게 해서든 나무를 쓸어 담아 돈을 벌 놈들이에요. 그런 놈들이 철광석 사재기라고 못하겠어요?"

특정 물품의 품귀현상을 일으킬 정도로 큰돈을 굴리는 사람들이라면 22억 톤이나 되는 물량을 숨겨둔다고 해도 이상할 것이 하나도 없었다.

"혹시 놈의 정체에 대해서 아는 사람은 없을까요?"

그녀는 고개를 갸웃거렸다.

"그건 왜요?"

"직접 줄을 놓을 수도 있을 것 같아서 말입니다."

"후후, 그럴 수는 없을 것 같은데요? 그런 끄나풀이 있다면 진즉 나와 연이 닿았겠죠. 이래 봬도 이 바닥에선 나도 꽤나 유명한 사람이라고요."

로이드가 그녀에게 한국에서 사온 담배를 한 갑 던지며 말했다.

"그냥 알려줘. 빚은 꼭 갚겠다."

"이딴 담배 한 갑에 정보를 팔라는 건가?"

"그렇게 비싸게 굴다간 뒷골목에서 변사체로 발견되는 수가 있지."

그녀는 실소를 흘렸다.

"어련하시겠어?"

이윽고 그녀는 로이드에게 쪽지를 건넸다.

"이 사람을 한번 찾아가 봐. 아마 도움을 줄 수 있을 것 같아."

[유엔슨 데일리 사장 레이 로빈슨.]

쪽지를 받은 로이드는 고개를 갸웃거렸다.

"이 사람은 잡지사 사장 아니야?"

"그래, 미국의 유명 경제 잡지 유엔슨 데일리의 사장이야. 오랜 기자 생활로 단련된 진짜 언론인이지."

"하지만 지금은 잡지사에서 근무하고 있잖아?"

"경제 잡지라고 몇 번을 말해?"

"뭐, 아무튼 말이야."

그녀는 고개를 가로저었다.

"말꼬리 잡는 것은 여전하군. 그래서, 만나기 싫어?"

"하하, 그럴 리가 있나?"

로이드는 이내 화수와 함께 돌아섰고, 그녀는 연신 고개를 가로저었다.

"하여간 저 개구쟁이."

                    *   *   *

중국 철광석 채굴장.

리처드는 채굴업자 왕호를 만나기 위해 이곳을 찾았다.

그는 한 다리 건너서 아는 지인으로 리처드와는 몇 번인가 마약을 거래한 적이 있었다.

왕호는 리처드를 상당히 반갑게 맞이했다.

"이게 누구인가? 리처드 아닌가?"

"오랜만이군."

"그동안 어떻게 지냈어? 조직을 떠났다는 소식은 들었는데 말이야."

"다른 보스를 모시고 있다. 지금은 암흑가에서 발을 뺐어."

"그렇군."

리처드는 요즘 철광석 채굴 시장의 동향을 살피고 있었다.

"몇 가지 묻고 싶은 것이 있어서 왔다.

"묻고 싶은 것?"

"요즘 철광석 값이 미친 듯이 폭등하고 있다고 하더군. 어떻게 된 일인가?"

"원래 중국은 경제개발이 가속화된 시점부터 철광석의 수요가 엄청나게 늘어간 국가야. 당연히 철 값이 오르지."

"아니, 그런 것 말고 다른 이유가 있을 것 같은데?"

그는 가만히 생각에 잠겨 있다가 이내 정신을 차리고 말했다.

"그래, 맞다! 요즘 러시아 쪽 마피아들이 철광석을 사재기하고 다닌 것 같기는 해."

"마피아?"

왕호는 리처드에게 자신이 거래할 때 사용하던 장부를 보여주며 말했다.

"잘 봐. 이 게르고나 에밀리야넨코 말이야."

순간 리처드의 양쪽 미간이 사납게 일그러졌다.

"게르고나? 이놈은 약쟁이 아니었나? 그런 놈이 어째서 원자재를 사들이고 다니는 것이지?"

"그거야 나도 모르지. 하지만 엄청난 돈을 가지고 다니는 것은 틀림없어. 나에게 사간 양을 봐. 엄청나지?"

당시 철광석의 시세가 1톤에 7만 원 정도였는데, 그는 무려 100만 톤이나 사들였다.

이쪽 업계와는 아예 관련도 없는 그가 철광석을 100만 톤이나 사들였다는 것은 상식적으로 납득하기 힘들었다.

"이놈이 범인인가?"

"그렇기야 하겠어? 그놈은 마약 말고는 아는 것이 하나도 없는 자식인데."

"그럼 또 다른 배후가 있다는 소리군."

"아마도?"

리처드는 언젠가 자신에게 죽기 직전까지 두들겨 맞았던 놈을 기억해 냈다.

게르고나는 항상 몽롱한 눈에 침을 질질 흘리고 다니는 마약쟁이였다.

일상적인 사고는 잘 돌아가지 않지만 마약에 사용되는 돈에 대한 셈은 워낙에 빨라서 가끔씩 꼼수를 부리곤 했다.

그러다 한 번은 리처드에게 잘못 걸려서 뼈가 무려 열 개나 부러지도록 두들겨 맞았다.

그는 당시를 기억해 내곤 이내 고개를 가로저었다.

"그런 미친놈이 원자재를 사들인다는 것은 말도 안 되지."

"내 말이 그 말이야. 더군다나 요즘엔 조직이 거의 거덜 날 판이라고 하던데 그런 돈이 어디 있겠어?"

"으음."

"아마 원자재를 사재기해 주는 대가로 돈을 받지 않았나 싶어. 굶어 죽는 것보다는 남의 심부름이라도 하는 편이 낫잖아?"

"하지만 왜 하필이면 마피아를 통해서 원자재를 사들일까?"

"자신의 얼굴이 드러나면 안 되니까."

"…알 수가 없는 놈들이군."

생각을 하면 할수록 이해를 할 수가 없었다.

"아무튼 자네에게서 철광석을 조금 가져갈 수 있을까 해. 가능하겠나?"

"요즘 시세보다 싸게 줄 수는 있지. 그래 봐야 예전과 비슷하거나 조금 비싼 정도지만."

"상관없다. 얼마나 줄 수 있어?"

"한… 200톤 정도?"

"그래, 고맙다. 돈은 나중에 송금하도록 하지. 괜찮겠지?"

"좋을 대로."

왕호는 가끔 리처드에게 외상으로 약을 사기도 했는데, 그 금액이 꽤 큰 경우도 있었다.

지금과 같은 상황이라면 당연히 손을 빌려주는 것이 마땅했다.

"내일 아침에 배를 띄우도록 조치해 두겠네."

"고마워."

이윽고 자리에서 일어선 그는 마오에게 철광석 수송을 맡겼다.

"너는 철광석을 가지고 베트남으로 가라. 난 놈을 찾아볼 테니."

"괜찮으시겠습니까?"

마오의 걱정스러운 질문에 그는 실소를 흘렸다.

"후후, 걱정하지 마라. 내 그림자만 봐도 오줌을 지리는 놈이니까."

그는 마오에게 서류를 넘기곤 이내 중국 남평으로 향했다.

7장

기자

뉴욕 맨해튼 빌딩 숲 속에 자리하고 있는 마이너리 빌딩.

화수는 그 꼭대기에 위치한 옥상으로 향하고 있었다.

팅!

―59층입니다.

지하를 포함하여 총 63층으로 되어 있는 이곳은 1979년에 지어져 지금까지 언론의 중심가로 일컬어지고 있었다.

미국에 위치한 굵직굵직한 잡지사는 모두 이곳에 자리 잡고 있기 때문이다. 굴지의 경제 잡지인 유엔슨 데일리는 이곳의 31층부터 34층까지 사용하고 있었다.

유엔슨 데일리의 취재 및 보도 담당 사장인 레이 로빈슨은 중요한 업무를 제외하면 거의 대부분 이곳에서 시간을 보냈다.

화수는 그의 초대를 받고 사장의 은신처로 불리는 옥상으로 향했다.

엘리베이터에서 내려 옥상으로 가보니 꽤 분위기가 좋은 정원과 휴식 공간이 조성되어 있었다.

뻥 뚫린 뉴욕의 시가지가 한눈에 내려다보이는 이곳에서 휴식을 취한다면 과연 머리가 맑아지겠다는 생각이 들 정도였다.

"좋군."

이 복잡한 빌딩 숲에서 한줄기 빛이 내려오는 느낌이랄까?

화수는 이 느낌이 너무나 좋았다.

잠시 옥상의 풍경을 감상하고 있는 화수에게 한 중년인이 다가왔다.

"괜찮죠?"

"네?"

"이곳 풍경 말입니다."

무심코 고개를 돌린 화수는 중년인의 가슴팍에 '레이 로빈슨'이라는 명찰이 달려 있는 것을 보았다.

"당신이 유엔슨 데일리의 사장님이시군요?"

"뭐, 사장은 아니고 그냥 취재 팀장 같은 존재지요."

그는 키가 180쯤 되어 보였는데, 얼굴이 작아서 키가 훨씬 더 커 보였다.

찰랑거리는 백금발을 양쪽으로 자연스럽게 넘긴 그는 마치 만화 베르사유의 장미에 나오는 오스칼을 보는 것 같았다.

남장여자인 그녀가 떠오를 정도로 중성적인 매력이 넘쳐흐르는 그이지만 목소리는 상당히 굵은 편이었다.

화수는 그에게 악수를 건청했다.

"강화수입니다."

"레이 로빈슨입니다. 사람들은 저를 두고 멍청한 오스칼이라고 부르지요."

그는 실소를 흘렸다.

"오스칼인 것은 알겠습니다만, 어째서 앞에 멍청하다는 수식어가 붙지요?"

레이는 어깨를 으쓱거렸다.

"글쎄요. 언젠가 한 청년이 말하길, 생긴 것은 멀쩡한데 하는 짓이 둔해 보여서 그렇다고 하더군요."

"아, 그렇습니까?"

이 세상에 완벽한 사람은 없다는 말은 거짓이 아닌가 보다.

상당히 신비롭게 생겼지만 확실히 그의 말투에서 조금은 느릿하고 빈틈이 많을 것 같은 느낌이 들긴 했다.

그는 화수를 데리고 옥상의 구석으로 향했다.

"차라도 한잔하면서 얘기합시다."

"그러시죠."

옥상의 구석에는 변두리 주차장에서나 쓰는 스테인리스 가건물이 세워져 있었다.

화수는 그의 가건물을 바라보며 대전역 근처에 있던 구두닦이들을 떠올렸다.

지금은 워낙 수요가 적어서 모두들 가게를 접고 다른 곳으로 옮겨갔지만 아직도 몇몇은 구두를 닦거나 신발을 수선하며 자리를 지키고 있었다.

물론 지금은 동네 노인들의 장기판이나 술판이 벌어지곤 했고, 그들은 독거노인들의 말벗이 되어주기도 했다.

화수는 어쩐지 그에게서 역전 구두닦이와 비슷한 느낌이 들었다.

"자, 앉으시죠."

구두닦이는 신발에 광을 내주는 사람이기도 하지만 속에 있는 애환을 나도 모르게 털어놓게 되는 신비한 매력이 있었다.

워낙 그들이 사람의 비위를 잘 맞추기도 했지만 그만큼 순박한 매력을 갖고 있기 때문이리라.

때문에 지금은 동네 노인들의 말벗이 되거나 장기판의 심판이 되곤 하는 것이다.

물론 지금은 그들 또한 연로해서 살날이 그리 많지 않다는 것이 아주 작은 흠이라면 흠이다.

레이는 비록 노인은 아니었지만 그들에게서 풍기는 연륜

같은 것이 풍겨나는 사람이었다.

"제가 직접 만든 가건물입니다. 괜찮지요?"

"건물주가 뭐라고 하지 않습니까?"

"처음에는 이상한 눈으로 바라보더니 지금은 그냥 옥상 관리인쯤으로 생각하는 것 같더라고요."

"옥상 관리인이요?"

그는 슬그머니 미소를 지었다.

"저도 양심이 아주 없는 사람은 아닙니다. 이곳의 부대시설은 모두 제가 만든 것들이지요. 저는 이곳에 이런 시설들을 만들어주는 대신 나만의 공간을 얻어냈습니다. 이를테면 노동의 대가 같은 것이지요."

"아하, 그런 것이었군요."

레이는 이곳에 자신만의 공간을 만들기 위해 약간의 희생을 감수하고 원하는 것을 얻어낸 것이다.

그는 화수에게 따끈한 밀크티를 내어주며 말했다.

"젊은 시절 처음 기자 생활을 시작했을 때엔 뉴욕타임지에서 근무했습니다. 그러다 CNN 특파원으로 근무하기도 했지요."

"공영방송까지 진출했던 것입니까?"

"진출이라기엔 뭣하지요. 그냥 경험을 쌓고 싶어서 들어갔던 것뿐이니까요."

기자가 된다는 것은 생각만큼 그렇게 쉬운 일이 아니다.

그럼에도 불구하고 몇 군데나 회사를 옮겨 다녔다는 것은 그의 능력이 생각보다 훨씬 더 출중하다는 소리다.

"이곳에 오기 전에는 CNN의 취재기자로 발탁되었습니다. 하지만 정치인을 잘못 건드리는 바람에 좌천되어 다시는 공영방송국에 발을 붙일 수 없게 되었지요."

"저런……."

"하지만 좌천이 그렇게 나쁜 것만은 아니더군요. 이렇게 원하는 장소에서 원하는 기사를 쓸 수 있지 않습니까?"

"으음, 그건 그렇군요."

"저는 기사를 쓰는 데 있어서 양심을 속이지 않습니다. 그것이 온전한 저널리즘이라고 믿기 때문이죠."

"당신은 저널리즘 때문에 커리어를 포기한 것이군요?"

"이를테면 그렇다고 볼 수 있습니다. 하지만 저를 그렇게 거창하게 표현하는 것은 좀 그렇군요."

그는 담배를 한 대 꺼내 물며 화수에게 물었다.

"한 대 피우시겠습니까?"

"감사합니다."

레이에게 담배를 건네받은 화수는 이 사람이야말로 진짜 기자라는 생각을 했다.

그의 담뱃갑에는 뭔가를 적어놓은 쪽지가 꽤 많이 꽂혀 있었다.

"담뱃갑에 메모가 참 많네요?"

"아, 이것이요? 아내가 만들어준 겁니다. 이렇게 하면 담배를 피울 때마다 잊고 있던 것들을 떠올릴 수 있습니다. 기자는 기억력이 생명인데 저는 그런 것이 부족하거든요."

"사모님께서 사려가 참으로 깊으신 모양입니다."

"내조를 잘하지요."

자유로운 영혼이면서도 자신의 저널리즘에 대한 신념이 확고한 그를 보며 화수는 함께 큰일을 도모하고 싶다는 생각을 했다.

그는 레이에게 슬그머니 본론에 대해 운을 띄웠다.

"듣자 하니 큰손이라는 놈을 10년 넘게 쫓아다니셨다면서요?"

레이는 큰손이라는 이름이 나오자마자 상당히 격한 반응을 보였다.

"그래요. 그 빌어먹을 놈! 제가 10년을 내리 쫓아다녔지요. 하지만 매번 놓치기만 했습니다. 상당히 교묘하고 철두철미한 놈이거든요."

"으음."

그는 지금까지 자신이 모아온 자료들을 꺼내놓았다.

"이것이 바로 제가 처음으로 놈을 쫓게 된 사건입니다."

"2004년 2월?"

"그래요. 지금으로부터 딱 10년 전입니다."

화수는 기사를 정독하기 시작했다.

2004년, 뉴욕에선 구리 품귀현상이 일어났다.

이 시기엔 각종 원자재의 가격이 올라서 고물상들이 단단히 한몫 챙기고 있을 때였다.

일찌감치 원자재를 쌓아두었던 상인들은 묵직한 전포를 챙겼지만 관련 제조업을 하는 사람들에겐 그야말로 재앙 같은 시기였다.

원자재 값이 오르면 당연히 제품 값을 올려야 하지만, 갑자기 물건 값을 올린다면 구매자가 대부분 나가떨어지게 된다.

이 때문에 중소기업들은 대부분 흑자에서 적자로 돌아서게 되었고, 때문에 군소 제조업자들은 줄줄이 나자빠지게 되었다.

하루에도 무려 수십 개나 되는 업체들이 문을 닫을 정도로 지독한 원자재 인플레이션이 지속되는 가운데 다시 원자재 값이 안정세로 돌아서는 사건이 발생하게 되었다.

무려 한 달 만에 전체 시장의 2/3에 달하는 물건이 풀린 것이다.

이 때문에 구리를 비롯한 비철을 꽉 틀어쥐고 있던 원자재 업자들은 직격탄을 맞았고, 손해를 감수하며 참고 견뎌오던 그들은 그야말로 볼링 핀처럼 차례대로 쓰러져 버렸다.

덕분에 가공업체들은 한숨 돌리게 되었지만 이미 공급업체들은 두 손 두 발 다 들어버린 상태였다.

경제학자들은 이 사건을 두고 2004년 봄의 재앙이라고 불렀다.

불과 3개월 만에 2,000개가 넘는 업체가 문을 닫았고, 뉴욕에는 오로지 대기업만이 살아남는 어처구니없는 사건이 벌어졌던 것이다.

하지만 이 사건을 통해 돈을 번 사람들은 떼돈을 벌었으니 누군가에겐 재앙이 아니라 수혜라고 해야 할 것이다.

당시 부친이 구리가공업을 하고 있던 레이 로빈슨은 그 피해들 중 가장 억울한 사람이라고 할 수 있었다.

레이의 부친 토마스 로빈슨은 계속되는 적자 행진에 대금 회수 실패와 원자재 대금 결재를 못해 결국 도산했다.

덕분에 쌓인 빚은 무려 한화로 4억 원. 일반인이 감당하기엔 너무나도 크나큰 자금이었다.

끝도 없는 공, 사채의 압박에 시달리던 그는 불과 3개월 만에 자택에서 목을 매단 채로 발견되었다.

레이는 이즈음에 이라크 종군기자로 활동하고 있다가 테러리스트들의 포탄에 맞아 병원에서 치료를 받는 중이었다.

그는 치료를 받던 도중 병원을 나와 팔다리에 깁스를 한 채로 장례를 치렀다.

그로 인해 그의 어머니는 충격으로 반신불수가 되었고, 누이동생은 실어증에 걸렸다.

다행히도 현재는 대부분 치료가 되어 둘 다 정상적인 생활을 하고 있긴 하지만 그에겐 마치 지옥과도 같은 시간이었다.

레이는 당시를 회상하며 아직도 떨리는 손을 주체할 수 없는 듯 이를 악물었다.

타타타타탁.

"…할 수만 있다면 놈을 잡아다 죽여 버리고 싶습니다. 그때부터였습니다. 저는 다른 방송국의 기자 생활을 접고 특정 인물만 따라다녔습니다. 과거에 비리가 있었거나 비자금 조성 등의 혐의가 있으면 끈질기게 따라다녔지요."

"그중에 한 사람이 그 국회의원이라는 놈이었던 모양입니다."

"네, 맞습니다. 그는 상원의원을 무려 2회나 연임하면서 엄청난 재산을 축적하고 있었습니다. 사업가 출신에 집안도 좋아서 비자금 스캔들이 터질 때마다 유야무야 묻히고 말았지요. 하지만 이번에는 여타 다른 스캔들과는 비교가 안 될 정도의 사건이 벌어졌지요. 봄의 재앙이 일어나던 시기에 맞춰 비자금 조성에 대한 의혹이 불거진 겁니다."

"흐음, 뭔가 냄새가 나는군요."

그는 화수의 말에 크게 고개를 끄덕였다.

"그래요. 냄새가 났습니다. 그것도 아주 크게 났지요. 그래서 저는 목숨을 걸고 놈을 쫓았습니다. 비가 오나 눈이 오나 놈을 쫓았지요. 하지만 그러다 검은색 양복을 입은 놈들에게 끌려가 죽기 직전까지 맞았습니다. 도대체 누가 보냈냐면서요."

"그, 그런……. 무슨 1970년대 한국도 아니고 말입니다."

"후후, 그러게 말이죠. 하지만 제가 놈들의 손아귀에서 풀려났을 땐 공영방송 취재기자에서 좌천된 이후더군요. 그놈이 손을 쓴 겁니다. 제가 다시는 기자 신분으로 자신을 쫓아다닐 수 없도록 말이죠."

"그래서 이쪽으로 자리를 옮기신 거군요?"

"네, 맞습니다. 당시 이 회사는 조금씩 기울어져 가는 형국이었는데, 사장의 저널리즘 정신이 너무나 철저했기 때문이죠."

"그 역시 진실을 밝히다 좌천된 경우군요?"

"그런 셈이죠. 덕분에 나는 생활고에 시달리긴 했지만 진실만을 밝히고 다니는 언론인이 될 수 있었습니다. 그 때문에 상도 몇 번 받았고요."

그는 자신의 공간에 모셔둔 트로피들을 화수에게 보여주며 말했다.

"이 트로피들은 제 힘을 키우기 위해 노력한 훈장들입니다. 이제는 진실을 밝혀 터뜨릴 일만 남았지요. 아무리 놈들이 대단하다고는 해도 이제 한 회사의 사장인 저를 어떻게 할 수는 없을 겁니다. 보복이 두렵다면 말이죠."

레이는 지금까지 자신이 죽자 살자 뛰어다닌 것이 모두 다 복수라고 말하고 있었다.

"만약 당신이 저를 도와서 놈을 잡기를 원한다면 그만한 각오는 해둬야 할 겁니다. 잘못하면 죽을 수도 있어요."

화수는 고개를 끄덕였다.

"어차피 이 일이 잘못되면 저도 죽는 건 마찬가지입니다."

"후후, 그런 막장에 몰린 사정, 좋습니다."

두 사람은 손을 맞잡았다.

"당신이 지금까지 한 일에 대해 대충 전해 들었습니다. 대단한 일들을 하셨더군요."

"그렇게 대단한 것은 아닙니다만······."

"아니요. 대단하지요. 만약 당신이 이번에도 대단한 일을 해준다면 내가 당신의 회사를 아주 빵 띄워드리겠습니다."

"빵 띄워준다니요?"

"아주 스타가 될 수 있도록 해드린다는 소리지요."

"스타라······."

"미국에서 스타가 된다는 것은 말입니다, 보통 일이 아니에요. 잘하면 당신의 자동차회사가 미국으로 진출할 수도 있다는 소리지요."

순간 화수의 눈이 번쩍 뜨였다.

"정말입니까?"

"물론이지요. 말씀드렸다시피 저는 진실만을 말합니다. 허튼수작으로 당신을 이 일에 끌어들일 생각은 전혀 없어요."

화수는 흔쾌히 고개를 끄덕였다.

"좋습니다. 당신과 기꺼이 함께하겠습니다."

"후후, 좋은 선택을 하신 겁니다."

두 사람은 만나자마자 의기투합하여 이번 사건을 파헤치기로 했다.

*　　　*　　　*

뉴욕 맨해튼의 아침.

화수와 레이는 월스트리트에서 파는 길거리 핫도그와 다이어트 콜라로 아침을 때우고 거리 이곳저곳을 돌아다니고 있었다.

"놈들의 끄나풀을 몇 명 알고 있어요. 아마 지금쯤이면 고물을 수거하고 다닐 겁니다."

"고물상? 놈들이 고물상을 합니까?"

"기업 수준의 고물상은 아닙니다만 그들의 명의로 된 땅이 꽤 많은 것으로 알고 있습니다. 그것도 미국 변두리 도시에 있는 곳으로 말입니다."

화수는 고개를 갸웃거렸다.

"원래 고물상과 부동산은 밀접한 관련이 있다고 볼 수 있습니다. 넓은 땅을 가지고 있을수록 돈을 버는 것이 이쪽 일 아닙니까?"

"그렇긴 하지요. 하지만 그들이 가진 땅에는 매번 사재기 물품들이 선적되고 있습니다. 그것도 엄청난 양이 말입니다. 그런데 이상한 것은 단 한 번도 그들이 물품을 판 적이 없다 는 겁니다. 물건을 샀는데 판 적은 없다. 그런데 어느새 적재 창고는 텅텅 비어 있다. 뭔가 좀 이상하지 않습니까?"

"으음, 확실히 그렇군요."

"지금까지 지켜본 바에 의하면 아무래도 큰손은 자신이 아 닌 다른 사람 명의를 몇 개나 빌려서 물건을 사들이는 것 같 아요."

그는 지금까지 특정인의 사유지에 들어온 차량의 번호판 과 그 차량이 싣고 온 물품에 대해 조사한 차트를 화수에게 보여주었다.

"자, 이건 4년 전에 발생한 아연 품귀현상 때의 내역입니 다. 제 지인을 통해 입수했지요."

"아연이 무려 200톤?"

"도대체 어떤 고물상이 아연을 200톤씩이나 사들인단 말 입니까? 아무리 고물상이 고철을 사서 되팔아 이문을 남긴다 곤 하지만 어떤 미친놈이 200톤씩이나 되는 물건을 고물상에 넘기겠어요?"

"과연 그렇군요."

화수는 사진을 바라보며 물었다.

"그럼 이것들을 가지고 기사를 한번 터뜨리지 그러셨습니까?"

그는 고개를 가로저었다.

"아니요. 이것만으로는 놈을 잡을 수 없어요. 그냥 활동을 잠시 멈추게 만들 뿐이지요."

"대어를 잡기 위해선 조금 더 참고 인내해야 한단 말이군요?"

"그렇다고 볼 수 있습니다."

레이는 이번에도 반드시 고물상에서 운영하는 창고에 철광석이 쌓일 것이라고 단언했다.

"오늘 활동을 마치면 아마 움직일 겁니다. 제 정보원 중에 폐지 수집을 하는 사람이 있는데, 그가 오늘은 고물상이 일찍 문을 닫는다고 말했답니다."

"일찍 문을 닫고 물건을 옮긴다는 소리인가요?"

"듣기로는 대형 트레일러들을 섭외하고 있다더군요. 뭔가 딱딱 맞아떨어지지 않습니까?"

"그런 것 같군요."

대충 아침을 때우며 고물상을 따라다니던 두 사람은 오후 두 시경이 되자 고물상 앞으로 네 대의 트레일러가 도착하는 것을 볼 수 있었다.

트레일러는 각종 폐지와 재활용품을 담았다. 운반함의 절반도 차지 않은 상황이었다.

"지금인 것 같군요. 트레일러의 절반도 채우지 않은 운반이라니, 말도 안 되는 일이군요."

레이는 자신의 낡은 자동차에 시동을 걸었다.

부아아아앙!

"갑시다."

두 사람은 뉴욕을 빠져나와 오하이오로 향했다.

*　　*　　*

중국 남평의 무산광산.

이곳은 해마다 650만 톤의 철광석을 생산해 내는 아시아 최대의 철광석 생산지다.

북한과 맞닿은 이곳은 중국 정부에서도 상당히 애지중지하는 곳으로 알려져 있었다.

중국은 철의 내부 수요가 상당히 많아서 외부로 철을 수출하는 비율이 상당히 낮았다.

하지만 이곳에서도 수출은 분명히 이뤄지고 있기 때문에 원자재 도매상인들의 발길이 끊이지 않았다.

그러나 요즘은 철광석 품귀현상이 일어나는 바람에 외부로의 반입이 철저히 봉쇄되었다고 한다.

리처드는 그런 남평의 한 수출상을 찾았다.

드르르륵!

아직도 낡은 나무 미닫이문에 엉성하게 유리가 붙은 꼴이 딱 60년대의 광산촌을 보는 것 같았다.

하지만 이곳에 앉은 여직원은 상당히 미인에 속하는 외모를 가지고 있었다.

아무래도 러시아와 중국계 혼혈인 듯했다.

리처드는 그녀에게 다가가 게르고나의 사진을 건넸다.

"이런 사람을 찾고 있다. 알고 있나?"

한참 장부를 정리하고 있던 그녀는 다소 짜증 난다는 듯이 답했다.

"몰라요. 다른 곳에 가서 알아봐요. 여기가 무슨 흥신소인 줄 알아요?"

"흥신소는 아니지. 하지만 이런 사람이 다녀갔는지 정도는 알려줄 수 있지 않나?"

"거참, 사람 말을 못 알아듣네. 내가 왜 당신에게 그런 사실을 알려줘야 하는데요?"

그는 그녀에게 미국 달러를 건네며 말했다.

"이것을 원하는 건가?"

"글쎄요, 나는 대답을 할 생각이……."

바로 그때였다.

덩치가 큰 한 사내가 거칠게 문을 열며 들어섰다.

드르르륵!

쾅!

"끄윽! 나 왔다!"

그의 몸에서는 지독한 술 냄새와 함께 정체를 알 수 없는 악취가 진동했다.

순간 그녀가 그에게 작게 눈짓을 보냈다.

그러자 그가 리처드에게 다가와 다짜고짜 욕설을 남발하기 시작한다.

"이런 개새끼! 경찰이냐? 아니면 공안?"

자신의 어깨를 잡은 게르고나에게 리처드는 천천히 고개를 돌리며 말했다.

"저승사자다, 이 개새끼야."

"서, 설마 브, 블랙?!"

"그 이름을 버린 지 오래지만 네가 자꾸 개긴다면 어쩔 수 없이 예전 이름을 사용하는 수밖에."

리처드의 얼굴을 보자마자 경기를 일으킨 그는 다짜고짜 권총을 꺼내 들었다.

철컥!

"이런 씨발 놈! 도대체 나에게 왜 이러는 거야?! 그때의 원한은 다 풀린 걸로 알고 있는데!"

"그거야 네 생각이고."

그는 리처드에게 총을 쏘려 방아쇠에 손가락을 가져다 대었지만 그보다 리처드의 발차기가 더 빨랐다.

퍼억!

"크윽!"

"어디서 감히 총구를?"

리처드는 총을 놓친 그의 턱으로 주먹을 날렸다.

퍽!

"커헉!"

무려 2미터 10센티미터가 넘는 거구가 리처드의 주먹에 맞고 공중으로 붕 뜨는 어처구니없는 일이 벌어지고 말았다.

쿠웅!

공중으로 높이 떴다가 땅으로 떨어진 그를 향해 다가간 리처드는 품속에서 나이프를 꺼내 들었다.

스릉!

"이 새끼가 보자 보자 하니까 사람이 아주 보자기로 보이는 모양이지?"

"자, 잠깐!"

"내 보스께서 살인은 말라고 하셨지만 불가피한 상황에서는 폭력을 행사해도 된다고 하셨다. 그럼 죽이지 않고 병신은 만들어도 된다는 소리지?"

"이, 이런 미친……?"

챙!

나이프를 높게 들어 올린 리처드에게 방금 전의 그녀가 총을 겨누고 말했다.

"그, 그 손 치우지 못해요?!"

"뭣이라?"

"소, 소피!"

"에잇!"

타앙!

그녀는 리처드에게 총을 쏘고 재빨리 몸을 옆으로 굴리면서 나이프를 던졌다.

피융!

서걱!

"크윽!"

"꺄악!"

리처드는 가까스로 몸을 피했지만 어깨에 작은 총상을 입었고, 그가 던진 칼은 그녀의 손에 쥐어져 있는 총에 날아가 박혔다.

덕분에 전투 불능이 된 그녀에게 리처드가 천천히 다가가며 말했다.

"아주 쌍으로 죽고 싶어 환장을 한 모양이군."

그는 총에 박혀 있는 나이프를 빼냈다.

스릉!

"어, 어어어……."

순간, 자리에서 가까스로 몸을 일으킨 게르고나가 리처드에게 달려들었다.

"이런 개새끼! 죽어라!"

리처드는 순간적으로 몸을 돌려 뒤로 발을 뻗었고, 그는 목덜미를 맞고 나자빠지고 말았다.

퍼억!

"커흐윽!"

"이런 빌어먹을 새끼를 보았나? 뒈지고 싶은 모양이지?"

그의 목덜미를 칼로 그어버리려는 리처드의 앞에 그녀가 무릎을 꿇었다.

쿵!

"소, 소피!"

"제발 우리 오빠는 죽이지 말아요! 내가 이렇게 빌게요!"

"오빠?"

"그래요! 우리 오빠요! 비록 조금 모자라긴 하지만 착한 오빠란 말이에요!"

"소피……."

그제야 리처드는 그에게서 칼을 거두었다.

"으음, 그럼 조건을 하나 걸겠다. 동의하나?"

"돈을 달라면……."

"아니, 돈은 아니다."

"그럼?"

"내가 원하는 정보를 좀 가지고 가야겠다. 알려줄 수 있젠나?"

남매는 동시에 고개를 끄덕였다.

"대, 대신 내가 정보를 주면 순순히 돌아가겠나?"

"물론이지."

그는 리처드를 허름한 건물 안쪽으로 안내했다.

"간단하게 술이나 한잔하지."

"좋아."

게르고나의 동생 소피는 점포 문을 닫고 두 사람을 따라 건물 안으로 들어갔다.

*   *   *

게르고나 남매는 리처드를 지하에 위치한 밀실로 안내했다.

퀴퀴한 냄새가 진동하긴 했지만 사람이 앉아 있지 못할 정도는 아니었다.

그런 이곳에 침대가 하나 덩그러니 놓여 있고 그 주변으로는 취사도구가 어지럽게 널려 있었다.

리처드는 이곳이 두 사람의 숙소임을 어렵지 않게 알 수 있었다.

"이곳에서 먹고 자는 모양이지?"

"네, 무슨 문제라도……?"

그는 고개를 가로저었다.

"문제될 것은 없지."

그는 사람이 사는 곳이라면 당연히 이래야 한다는 고정관념 같은 것을 가진 사람은 아니었다.

그저 몸을 누일 수 있고 끼니를 거르지 않을 수 있다면 최고라고 생각하는 사람이었다.

그런 관점에서 본다면 리처드에게 이곳은 오히려 익숙해서 더 좋았다.

"술은 어떤 것이 있지?"

"싸구려 이과두주가 있어요."

"그것으로 하지."

리처드와 게르고나가 나무 상자로 대충 만든 테이블에 앉자 그녀는 바쁘게 움직이며 술상을 준비했다.

그런 그녀를 가만히 바라보는 리처드에게 게르고나가 물었다.

"뭘 그렇게 쳐다보나? 관심 있나?"

"개소리 지껄이지 마라."

"큭큭! 수컷이 암컷을 바라보는 것이 뭐 그렇게 쪽팔리는 일이라고."

"약 그만 팔고 본론으로 들어가지."

리처드는 게르고나에게 최근 몇 달 동안 그가 사들인 철광석에 대해 적힌 장부를 건넸다.

"아까 네 사무실에 있던 장부다. 오는 길에 읽어보니 철광석을 얼마나 매집했는지 상세히 나와 있더군."

"아하, 그것? 내가 요즘 자금 사정이 좀 좋지 않아서 심부름을 하고 있거든."

"심부름?"

"그렇다."

그는 고개를 갸웃거렸다.

"아무리 네가 뽕쟁이에 주정뱅이라곤 해도 남의 심부름까지 해야 할 정도로 자금난에 시달리나?"

게르고나는 괴롭다는 듯이 외쳤다.

"…일단 한잔하지! 소피! 그냥 대충 마시면 안 돼?!"

이윽고 그녀가 냉동 연어와 훈제 양고기를 가지고 나왔다.

"입은 썩었어도 술은 제대로 마셔야지. 그것도 밖에서 사람이 왔는데 말이야."

아마도 그녀는 자신의 오라비가 빈속에 술을 마시는 것이 상당히 싫은 모양이다.

그렇지 않다면 두 사람을 죽일 뻔한 사람에게 이런 술상을 내어올 리 만무했다.

"미안하군. 내가 찾아오는 바람에 두 사람의 살림이 축나게 생겼으니 말이야."

"…아니 다행이군요."

게르고나는 술잔 대신 작은 병에 담긴 이과두주를 통째로 건넸다.

"한잔하지."

"좋지."

두 사람은 단숨에 이과두주를 모두 비워냈다.

꿀꺽꿀꺽!

"크으! 좋구나!"

"맛이 좀 쓰군."

"싸구려니까."

이윽고 게르고나는 자신의 사정에 대해 설명했다.

"요즘 나는 약도 끊고 양지로 나가기 위해 사업을 준비하는 중이었다."

"양지? 네가?"

로이드의 반응에 게르고나는 멋쩍다는 듯이 얼굴을 살짝 붉혔다.

"나, 나도 사람답게 살아보고 싶었다. 내 동생에게 좋은 혼처도 알아봐주고 싶었고."

여동생을 생각하는 마음이 세상 모든 오빠들의 마음과 별반 다르지 않는 듯했다.

"그런데 문제가 생겼어. 내가 양지에서 사업을 해본 적이 없다 보니 너무 쉽게 사기를 당한 것이지. 귀금속 도매점을 차렸다가 아주 쫄딱 말아먹었어. 계약자와 동업자, 심지어는 귀금속 공급자까지 죄다 사기꾼이더군."

"으음."

"그래서 우리는 집도 절도 없이 쫓겨났고, 이미 조직은 와해되고 없었다."

"그 결과가 이렇다?"

"그런 셈이지."

게르고나는 여동생을 바라보며 깊은 한숨을 내쉬었다.

"내 동생은 모스크바 국립발레학교에 다니고 있었다. 그것도 수석으로 입학했는데……."

"돈이 다 털려서 그만둔 것이군."

"장학금만으론 모자랐으니까."

그는 자책감을 이기지 못하고 다시 술을 마셨다.

"빌어먹을! 내가 바보지!"

리처드는 그가 술을 마시는 동안 지금 상황을 나름대로 정리해 보았다.

"그러니까 네 말은 지금 이 매집 활동이 순전히 돈 때문이란 말이군."

"그렇다고 볼 수 있지. 그게 아니었다면 지금쯤 나는 금은방을 하고 있을 것이고 내 동생은 발레리나가 되어 좋은 혼처로 시집을 갔겠지."

주변을 한번 스윽 둘러본 리처드는 두 사람에게 명함을 한장 건넸다.

"이 사람 밑에서 일하면 지금보다 나은 삶을 보장받는다."

"누군가?"

"지금 내가 따르고 있는 보스다. 동북아시아에서 자동차 사업을 벌이고 계시지. 한국에 철도 운영권도 가지고 있다."

그는 고개를 갸웃거렸다.

"이렇게 멀쩡한 사람이 뭐가 아쉽다고 나 같은 병신을 거두어준단 말인가?"

"누구에게나 재능은 있는 법이다. 본인 스스로 인정한 일이지만, 너는 다른 일에는 거의 젬병이나 다름없다. 하지만 암흑의 루트로 들어오는 물건을 어떻게 처리하는지, 또한 밀매는 어떻게 하는 것인지는 아주 빠삭하지. 또한 그것으로 사람의 뒤통수를 치는 것도 노련하고 말이야."

"그런 쓰잘머리 없는 능력도 재능으로 받아준단 말인가?"

"네가 생각하는 것보다 기업은 복잡하다. 나라고 별다른 특기가 있겠나? 사람 죽이는 것밖에는 아무것도 모르는 난데 말이야."

"으음, 하긴."

블랙이라는 이름을 얻기까지 그가 걸어온 길에는 수많은 이의 피가 흩뿌려졌다.

그만큼 살인청부 이외에 다른 것은 생각을 할 수 없는 리처드였다.

"네 동생은 예정대로 발레리나가 되면 된다. 물론 혼처는 너희가 알아서 정해라."

소피가 미심쩍다는 듯이 물었다.

"우리에게 이런 제안을 하는 이유는요? 뭔가 원하는 것이 있으니까 이런 제안을 하는 것 아닌가요?"

"역시 두뇌 회전이 빠르군."

그는 두 사람에게 한국에 있는 단독주택의 집문서를 건넸다.

"간단하다. 지금 너희가 따르는 그놈을 배신하면 된다. 그러면 이 집은 물론이고 한국에서 남부럽지 않은 연봉을 받는 사람이 될 수 있다. 그것도 합법적인 명함을 가지고 말이야."

소피는 고개를 가로저었다.

"아무리 바보라곤 해도 우리 오빠를 벗겨먹은 놈들이에요. 그것도 아주 손쉽게 말이죠. 그런 놈들을 무슨 수로 이겨요?"

"이길 수 있다."

"그러니까……."

"내가 따르는 그분께선 이길 수 있다. 너희가 우리를 도와준다면 말이지."

"아니요. 그건 안 돼요. 더 이상 우리 오빠가 표적이 되는 꼴은 볼 수 없어요."

단호하게 거절하는 그녀와는 달리 게르고나는 흔쾌히 그 조건을 수락했다.

"네 이름을 걸 수 있나?"

"오, 오빠!"

리처드는 당연하다는 듯이 고개를 끄덕였다.

"물론. 내 손모가지도 걸 수 있다."

"그럼 되었다. 천하의 블랙이 거짓말을 하지는 않겠지."

"야, 이 멍청아! 도대체 뭘 믿고 이 놈팡이를 따라가자는 건데?!"

게르고나는 자리에서 일어나 다짜고짜 웃통을 벗었다.

그러자 그의 우람한 온몸에 새겨진 문신들과 함께 엄청난 숫자의 상처가 보였다.

"보이냐? 내가 지금까지 너를 먹여 살리기 위해 흘린 핏자국이다."

"오빠…….."

"하지만 이렇게 피를 흘려도 결국엔 다시 이 꼬라지다. 난방도 안 되는 골방에 둘이 처박혀 잔심부름이나 하고 있단 말이다. 이러다 폐병으로 쓰러져 누군가 하나가 죽어도 손쓸 도리가 없어. 이런 삶이 좋아?"

"그건 아니지만 오빠가…….."

그는 고개를 가로저었다.

"나는 어떻게 돼도 상관없다. 배운 것이라곤 남을 속이고 협박하는 일뿐이지. 그렇지만 너는 다르다. 이런 바닥에서 굴러다니다 죽기엔 아까운 목숨이란 말이야."

"오빠…….."

그는 리처드에게 꾸벅 고개를 숙였다.

"내가 이렇게 부탁한다. 부디 그 제안을 철회하지 말아다오."

리처드는 고개를 끄덕였다.

"물론이지. 하는 짓이 조금 치사해서 그렇지 일 하나는 확실하게 하니까."

"고, 고맙다."

그는 게르고나에게 비행기 티켓을 건넸다.

"이 사무실은 그냥 내버려 두고 한국으로 입국해라. 그곳에 놈들의 손길이 미치지 않는 은신처가 있어. 일단 그곳에 가서 내 보스와 함께 앞일을 상의하는 것이 좋겠다."

"이 은혜는 잊지 않겠다.

리처드는 고개를 가로저었다.

"은혜는 내 형님께 갚도록."

그는 두 사람을 데리고 서류 뭉치가 있는 사무실로 향했다.

"챙길 수 있는 것은 다 챙겨라. 놈의 발목을 잡을 수 있는 것들이라면 특히나 놓치지 마라."

"그래, 알겠다."

리처드는 그에게 어떤 직함을 줘야 하나 싶어 고민에 빠졌다.

8장

꼬리를 밟다

미국 오하이오에 위치한 한 시골 마을.

화수와 레이가 탄 자동차가 아주 천천히 오프로드를 달렸다.

툴툴툴툴!

화수는 흙먼지가 피어오르는 미국 시골길을 달리며 연신 핸드폰 내비게이션을 바라봤다.

"주소를 이용해서 길을 찾긴 했습니다만, 정말 이런 곳에 창고가 있긴 한 겁니까?"

벌써 만 하루째 찾고 있지만 여전히 놈들은 코빼기도 비치지 않았다.

그 때문에 이제는 의구심마저 느끼는 화수에게 레이가 말했다.

"이곳이 확실합니다. 오하이오에 숨겨진 창고는 이곳이 가장 커요. 저를 한번 믿어보세요."

"뭐, 그렇다면 어쩔 수 없지만……."

참을성이 대단한 화수가 이렇게까지 말하는 것은 이곳의 풍경이 벌써 12시간째 똑같기 때문이었다.

미국의 땅덩어리가 넓다는 것은 알고 있지만 이렇게까지 넓다고는 미처 상상도 못한 화수다.

그저 흙먼지만 잔뜩 피어오르는데, 도대체 어떤 사람이 의구심을 품지 않을 수 있겠는가?

하지만 그는 조금 더 느긋하게 지켜보기로 했다.

그렇게 약 30분가량 달렸을까?

정말로 오솔길 부근에 잡다한 고철들이 조금씩 모습을 드러내고 있었다.

"이건……."

"스크랩입니다. 이곳에 스크랩까지 죄다 끌어다 놓은 모양이에요."

철광석 값이 오르면서 덩달아 철 값도 같이 오르고 있었기에 그들은 일부러 고철까지 전부 사들이고 있었던 것이다.

스크랩은 깊은 곳으로 들어갈수록 많아지고 있었고, 레이는 고철 덩어리 한가운데에 차를 숨겼다.

"여기서부터는 걸어서 이동합시다."

"그러시죠."

화수는 핸드폰을 무음으로 돌리고 초소형 캠코더를 들고 레이의 뒤를 따랐다.

레이는 DSLR 카메라에 망원렌즈를 장착하고 조심스럽게 현장을 향해 접근했다.

"조심하십시오. 놈들은 외부인에 상당히 민감하니까 잘못하면 죽을 수도 있어요."

"알겠습니다."

캠코더를 통해 주변 경관을 촬영하던 화수는 이곳에 엄청난 양의 컨테이너 박스가 쌓여 있음을 알 수 있었다.

표식을 보아하니 미국을 비롯한 전 세계 각국에서 사들여 모아놓은 것 같았다.

처음엔 한 줄로 놓여 있던 컨테이너들이 점점 그 열을 늘려 종국에는 끝도 없는 행렬을 만들어냈다.

"용케도 이런 창고를 만들어두었군요. 어째서 당국에는 적발되지 않은 것이죠?"

"미국은 사유지에 대한 개념이 상당히 엄격하기 때문에 사유지에 발을 들이는 것만으로도 체포될 수도 있습니다. 그러니 입구만 잘 지킨다면 별문제가 없지요."

"그럼 우리는 어째서 걸리지 않은 것이지요?"

그는 자신이 가지고 있는 약도를 보여주며 말했다.

"현재 이곳은 놈들의 근거지 중심부입니다. 이곳까지 오는

데 가장 가까운 길은 정문과 후문입니다. 하지만 우리는 길을 아주 에둘러 측면을 이용했지요."

"으음, 그렇군요."

"제가 봤을 때 그곳만 경비 병력이 배치되어 있지 않았습니다. 다른 곳에는 무장 병력이 이곳을 보호하고 있어요."

"잘못하면 벌집이 될 뻔했군요."

"후후, 하지만 그렇다고 해도 제가 그렇게 티 나게 잠입했겠습니까? 땅굴이라도 팠겠죠."

"하긴."

그는 정말로 땅굴을 파서라도 이곳에 잠입할 정도로 엄청난 열정을 가진 사람이었다.

잘못하면 말이 씨가 될 수도 있었다.

"아무튼 이제부터는 최대한 조심스럽게 움직여야 합니다."

"그럽시다."

수풀에 몸을 숨긴 채 천천히 길을 걸어가며 창고의 전경을 촬영하던 화수는 뜻밖의 위험과 마주했다.

수풀 사이로 대략 네 마리로 보이는 개들이 짝을 지어 돌아다니고 있었다.

"도, 도베르만?"

군견이나 경찰견으로 사용되는 도베르만은 신체 능력이 상당히 뛰어나다고 알려진 견종이다.

한 번 물면 절대로 놓지 않는 끈질김과 엄청난 근력은 녀석을 최강으로 만들어주었다.

만약 일반인이 도베르만 네 마리에게 포위된다면 뼈도 못 추릴 것이 분명했다.

으르르릉!

레이가 당황해서 화수가 있는 곳으로 뒷걸음질 치며 물었다.

"어, 어쩌죠?"

화수는 주머니에 있는 마나코어를 발동시켰다.

그리곤 스위쳐 커뮤니케이션의 룬어를 캐스팅했다.

'스위쳐 커뮤니케이션!'

순간 그의 몸에서 붉은색 오라가 피어오르더니 이내 개 짖는 소리가 사람의 언어로 변환되어 들려오기 시작했다.

─여기 수상한 놈이 있어!

─대장을 따라 모여라!

무려 열네 마리나 되는 개가 속속들이 모여드는 동안, 화수는 우두머리로 보이는 개에게 다가갔다.

그러자 녀석은 이를 드러내며 으르렁거리기 시작했다.

크르르르릉!

화수는 그런 녀석에게 재빨리 다가가 손을 뻗었다.

"가, 강화수 씨!"

우두머리 개는 화수가 미쳤다고 생각했다.

─감히?!

오만함이 머리끝까지 찬 우두머리 개는 화수에게 다짜고

짜 입을 벌렸다.

크아아앙!

화수는 순간적으로 자신의 팔을 돌처럼 딱딱하게 만들었다.

'스톤!'

우두두둑!

깨갱!

시멘트보다 단단한 돌덩어리를 깨물어버린 녀석은 눈물을 찔끔 흘렸고, 화수는 자신의 마나 홀에 가두어두었던 마나를 개방시켰다.

그리곤 그것에 살의를 섞어서 개에게 흘려보냈다.

스스스스스!

그러자 우두머리 개는 주체할 수 없을 만큼 몸을 덜덜 떨어댔다.

끼이이잉.

화수가 만들어낸 살의에 압도되어 전의를 상실한 것이다.

그는 개에게 아주 낮게 명령했다.

"앉아."

헥헥.

불과 30초도 안 되는 사이 평생 겪은 공포보다 훨씬 더 무서운 경험을 한 우두머리 개는 화수에게 복종한다는 뜻을 순응으로 나타냈다.

우두머리 개가 화수의 말에 절대적으로 복종하자 나머지

개들 역시 놈을 따라 화수에게 복종의 의사를 밝혔다.

　—우리의 우두머리다!

　—대장이다!

　도베르만 무리가 화수에게 다가와 배를 까뒤집으며 애교를 부리자 레이는 도대체 이게 무슨 영문인가 하는 표정이다.

　"뭐, 뭐지? 이게 도대체 무슨……?"

　화수는 녀석들에게 명령했다.

　"흩어져."

　헥헥!

　개들이 왔던 곳으로 돌아가자 화수는 계속해서 걸음을 옮겼다.

　"가시죠."

　"아, 예."

　마법이라는 개념이 아예 존재하지 않는 지구에서 화수의 행동을 설명하려면 상당히 오랜 시간이 걸릴 것이다.

　그래서 화수는 자세한 설명을 생략한 채 조금 더 깊숙한 곳으로 향했다.

*　　　*　　　*

　대전 둔산동에 위치한 이수기업 본사 옥상.

　리처드는 게르고나 남매와 함께 베네노아를 만나고 있다.

베네노아는 게르고나의 얘기를 전해 듣고는 이내 낮게 신음했다.

"마르커스라……. 마피아계에선 거의 전설적인 존재로 알려진 사람 아닌가?"

게르고나는 베네노아에게 자신의 배후에 대해 밝혔다. 베네노아는 그에 대해서 상당히 좋지 않은 견해를 보였다.

"악질도 그런 악질이 없지. 내가 본 그는 거의 악마라고밖에 표현할 길이 없어."

"그렇게 지독한 놈입니까?"

리처드의 질문에 그는 고개를 가로저었다.

"나 역시 나쁜 짓이란 나쁜 짓은 다 하고 살았어도 그놈과는 비교조차 할 수 없다네."

"으음."

"일이 복잡하게 꼬였어. 원래 마약이나 밀반입 주류 이외엔 아예 손도 안 대던 놈이 도대체 왜 그런 일에 손을 댔을까?"

"그에게도 배후가 있지 않겠습니까?"

"그럴 가능성이 높지."

베네노아는 오랜 마피아 생활을 통해 쌓은 지식을 화수의 부하들에게 아낌없이 나누어 주었다.

화수는 그에게 정보부 전략 기획에 대한 권한을 일임했고, 그는 뒤에서 책사처럼 조언을 해주었다.

그는 두 남매를 바라보며 말했다.

"일단 이 사람들을 숨기는 것이 급선무겠어. 내가 지금 손을 써서 놈들의 배후를 캐낸다면 가장 먼저 이들을 찾을 테니까."

"한국이라면 안전하겠지요?"

"내가 모두를 위해 섭외한 세이프하우스가 공사 중에 있네. 그곳에는 핵폭탄이 터져도 안전한 패닉 룸이 존재하니 걱정할 필요 없어."

"그렇군요."

베네노아는 화수의 동향에 대해 물었다.

"보스께선 아직도 전화를 받지 않으시던데, 어디에 계신 것인가?"

"듣기로는 미국으로 건너가셨다고 합니다."

"미국에?"

"고물상을 따라서 이동하셨다고 하는데, 자세한 것은 저도 잘 모릅니다."

세이프하우스를 짓고 일본지사에 필요한 로비 등을 준비하느라 정신이 없던 그는 화수의 동향을 전해 듣지 못했다.

만약 그가 미국에 있다는 것을 알았다면 진즉 그곳으로 갔을 것이다.

"이런… 보스께서 직접 움직이시는 것은 위험한데 말이야."

"하지만 형님께선 누구에게 대신 움직이게 할 사람이 아니지 않습니까?"

"뭐, 그렇긴 하지만 말이야."

"아마도 금방 돌아오실 겁니다."

"부디 그랬으면 좋겠군."

베네노아는 화수에 대한 충성심의 표현으로 조직을 정리했고, 자신만의 회사를 차렸다.

하지만 따로 움직이는 것이 불편한 나머지 자신의 회사를 비공식적으로 이수기업에 합병할 계획을 세우고 있었다.

그에 따라서 딸려오는 여러 계열사를 합병하고 나면 그는 화수에게 이수그룹을 출범시킬 것을 종용할 계획을 가지고 있었다.

그런 가운데 화수에게 변고가 생긴다면 그에겐 이만저만한 타격이 아니었다.

"아무튼 이 사람들을 데리고 내가 알려준 곳으로 가게. 대전에서는 약 한 시간 반 정도 걸리는 거리일세."

"예, 알겠습니다."

"그리고 내려가는 길에 보스의 누님 동향도 살펴주게. 만약 일이 틀어지면 그들은 보스의 가족부터 찾으려 들 테니까."

"그렇게 하지요."

베네노아는 즉시 자신의 옛 동료들을 찾아서 길을 떠났다.

*   *   *

러시아 모스크바에 위치한 선술집.

베네노아는 자신의 오랜 동료 셋과 함께 이곳을 찾았다.

베네노아의 부하 중에서도 최상급 간부 위치에 있던 이들은 원래 조직의 개국공신들이다.

조직이 이뤄지던 초창기에는 스튜 카린슨의 수족이던 이들은 그가 죽고 나서는 베네노아를 따라 알아서 서열을 정리했다.

그러면서 생사고락을 함께하는 세월을 보내온 것이다.

사격술에서는 따라올 자가 없다고 알려진 제이슨이 베네노아에게 지금의 상황에 대해 물었다.

"보스는 분명 양지의 사업을 펼치겠다고 하지 않으셨습니까? 그런데 갑자기 무슨 마피아와의 접촉입니까?"

"일이 좀 복잡하게 꼬였어. 지금 이 사람을 만나지 않으면 자동차 생산에 차질이 생긴다네."

"아하, 그 철광석을 사재기한다는 놈이 바로 이놈입니까?"

"아마도. 하지만 이놈의 배후에는 또 다른 흑막이 있음이 분명하다."

세 사람이 이번 사건에 대해 얘기하는 동안 선술집 문이 열리며 흑발에 초록색 눈동자를 가진 사내가 들어섰다.

"베네노아?"

"이바노프."

"오랜만이군."

"그러게 말일세."

"잘 지냈나?"

두 사람은 한때 서로에게 전쟁을 선포하고 총을 겨누던 사이였다.

겉으로는 이렇게 일상적인 대화를 나눌 만큼 사이가 많이 진전되었지만 속으로는 여전히 서로를 견제하고 있었다.

"그나저나 자네가 웬일인가? 요즘 손 씻고 한국계 그룹으로 들어갔다고 하던데."

"아직 그룹으로 정식 출범한 것은 아니네. 이제 곧 그렇게 되겠지."

그는 흥미롭다는 듯이 물었다.

"보스가 꽤나 능력 있는 사람인 모양이지? 자네 같은 거물이 몸을 의탁할 정도면 말이야."

"그릇이 큰 사람이다. 내겐 과분할 정도의 보스지."

"후후, 누구인지 참으로 궁금해지는군. 도대체 얼마나 능력이 좋으면 자네를 포섭했는지 말이야."

"차차 알게 될 것이야."

베네노아는 그에게 철광석 품귀현상에 대해 물었다.

"내가 자네에게 찾아온 것은 다른 것이 아니고 몇 가지 궁금한 것이 있어서이네."

"궁금한 것?"

"듣자 하니 요즘 철광석을 매집하고 다닌다면서?"

순간 그는 양쪽 미간을 사납게 일그러뜨렸다.

"…내 뒤를 캐고 다녔나?"

"캔 것은 아니고 어디서 들은 것이 있어서 그래."

그는 앞에 있는 술잔을 집어 들며 물었다.

"그래서, 나에게 묻고 싶은 것이 뭐야?"

태도가 조금 삐딱해지는 것을 보니 게르고나의 말이 사실인 모양이다.

"자네가 매집하고 있는 그 물건 말일세. 누구의 지시를 받은 것인가?"

베네노아의 질문에 그는 기분 나쁘다는 투로 말했다.

"양지로 나아간다더니 직업을 경찰로 바꾸었나? 무슨 말투가 그래?"

"그냥 질문하는 것뿐이다. 자네 때문에 피해를 보는 사람들이 꽤 많아서 말이지."

"그 보스라는 사내가 철과 관련된 사업을 하고 있는 모양이지?"

"그렇다."

그는 그제야 살며시 고개를 끄덕였다.

"오호라, 요즘 철광석이 모자라는 바람에 생산에 차질이 생긴 모양이군. 그래서 그 배후를 쫓다 보니 내가 있었던 것이고?"

"부정하지는 않겠네."

순간 그는 자신의 포켓에서 작은 권총을 꺼내 들었다.

철컥!

"이런 제기랄!"

베네노아의 부하들이 동시에 총을 꺼냈지만 이미 한발 늦은 후였다.

그는 난감한 표정을 짓는 그들에게 진정할 것을 지시했다.

"총 내려놓게."

"하, 하지만……."

"괜찮네."

부하들이 총을 내려놓자 베네노아가 그에게로 고개를 돌린다.

"왜 이러는 건가? 이유가 참으로 궁금하지 않을 수가 없군."

"이유는 저승에서 듣도록."

"내가 이유를 캐묻는다면 꼭 죽여야 할 만큼 중요한 일인 것인가?"

그는 말없이 고개를 끄덕였다.

베네노아는 계속해서 말을 이었다.

"그래, 좋아. 내 목숨을 내걸어야 할 정도로 큰 거물이 뒤에 있다면 기꺼이 걸지."

"보, 보스!"

"괜찮네. 이미 나도 이 업계에서 썩을 만큼 썩었어. 지금 죽어도 여한은 없다."

이바노프는 고개를 갸웃거렸다.

"이렇게 허무하게 목숨을 내던지겠다?"

"어차피 죽을 것이라면 깔끔하게 죽는 편이 낫지."

"후후, 자네다운 결말이군."

그는 슬며시 미소를 지으며 물었다.

"그럼 죽기 전에 하나만 묻지. 자네의 배후에는 누가 있는가?"

이바노프는 이내 총을 거두었다.

"쳇, 꽤나 묵직하게 배팅을 할 줄 아는 사람이군."

"왜 총을 내려놓는가?"

"자네를 잘못 건드렸다간 다시 전쟁이 벌어질 텐데 내가 미쳤다고 자네를 쏘겠나?"

"나는 이미 조직을 등진 사람인데 말인가?"

"그것이 도화선이 된다면 자네의 옛 조직들은 아주 신이 나서 나를 공격할 것이야. 내가 틀어쥐고 있는 마약 생산 루트와 거래처들을 빼앗기 위해 안 그래도 혈안이 되어 있는데 자네가 죽었다는 명분이 생기면 아주 좋아서 날뛸 것이 아닌가? 나는 그 꼴을 두고 볼 생각이 없어."

그제야 베네노아의 부하들은 그의 행동을 이해할 수 있었다.

"과연."

베네노아는 자신의 몸을 담보로 진실을 요구했고, 만약 자신이 죽는다면 상대편 조직도 무사하지 못할 것임을 알고 있었다.

이바노프의 조직과 전쟁을 벌이면서 얻은 재화는 생각보다 엄청났다. 이미 그의 옛 부하들은 그때의 돈맛에 길들여져 있었다.

만약 지금 그가 죽으면 두 조직은 다시 전쟁이 벌어질 것이고, 지금은 군소화된 실베라는 동시다발적으로 공격을 시작할 것이 뻔했다.

그러니까 이 전쟁은 결과적으로 이바노프에게 절대적으로 불리하다고 할 수 있었다.

이바노프는 총을 거두곤 자신의 얘기를 시작했다.

"흑막을 알게 된다면 후회할 수도 있어. 그래도 괜찮겠나?"

"물론."

"장원일세."

순간 베네노아의 얼굴이 와락 일그러졌다.

"장원? 놈들이 이 사건의 배후란 말인가?"

"글쎄, 그건 나도 자세히 알 수는 없어. 하지만 그들이 직접 움직이고 있음은 틀림없어."

베네노아는 이번 사건이 생각보다 훨씬 더 복잡하게 꼬여 있음을 알 수 있었다.

장원은 세계 3대 범죄조직으로 불리는 흑사회의 거두를 일컬었다. 그에 대해 알려진 것은 거의 없었다.

장원이 남자인지 여자인지, 노인인지 청년인지도 알 수가 없었고, 장원이 조직인지 사람의 이름인지도 자세히 아는 사람이 거의 없었다.

그런 그가 배후인지 아닌지도 모를 정도로 깊은 사건이라면 베네노아 한 사람의 힘으로는 흑막을 캘 수 없을 것이 분명했다.

"으음, 꽤나 복잡하게 일이 꼬여 버렸군."

"큭큭, 그렇지? 내가 후회할 것이라고 말하지 않았나? 이제 자네는 나와 같은 신세일세. 흑막을 알고 있으니 바람 앞의 촛불인 셈이지."

"후후, 공범을 만들기 위해 나를 끌어들인 것인가?"

"혼자 죽을 수야 있나? 어차피 나와 같은 말은 쓰다 버리면 그만 아닌가? 계열이 달라도 거두가 움직이는 말은 절대적으로 처리되게 되어 있다. 잘 알지 않나?"

그는 다소 심란한 듯 의자에 몸을 기대앉았다.

"그래, 이 상황을 타개할 방법은 있겠나?"

"물론. 그러니 내가 자네에게 이 모든 사실을 까발린 것 아니겠는가?"

"그 방법이 뭔가?"

"나는 자네의 이름을 빌리고 자네는 나의 조직력을 빌리는 것이지."

"알아듣기 쉽게 말하게."

"혹시 '쿠오시드'라는 조직에 대해 알고 있나?"

베네노아는 고개를 갸웃거렸다.

"쿠오시드? 그들은 중남미 마피아가 아닌가?"

"그래, 중남미에 있는 마피아지. 내가 그들과 안면이 좀 있어."

"그 위험하다는 중남미 마피아들과 말인가?"

"큭큭, 우리도 꽤나 위험한 인물들일세. 러시아 마피아를 무시하나?"

"하긴 그렇긴 하지."

"비록 지금은 규모가 조금 작아지긴 했어도 나도 소싯적엔 조금 날렸다고."

베네노아는 실소를 흘렸다.

"내가 러시아 마피아를 앞에 두고 무슨 말도 안 되는 소리를 한 거지?"

"큭큭, 그러게 말이야."

그는 이바노프에게 이번 사건을 타개할 방법에 대해 물었다.

"그래, 그래서 이들을 움직여서 뭘 어쩌자는 건가?"

"한번 잘 들어보게."

이바노프는 그에게 돌파구가 될 파훼법에 대해 설명했다.

*   *   *

로이드와 투하는 보스턴에 위치한 고물상 앞을 서성거리고 있었다.

"이곳이 맞는 것 같지?"

"그런 것 같네요."

두 사람은 연인으로 위장해서 열네 개나 되는 고물상을 돌아다니며 동태를 살폈다.

이들은 레이가 준 명단에 있는 용의자들로, 가장 많은 양의 철광석을 매집했다고 의심되는 사람들이었다.

그들이 삼 일 내내 지켜본 결과 열네 개 중 가장 유력한 곳은 보스턴 연안에 위치한 고물상이었다.

보스턴에서도 가장 규모가 큰 이곳은 하루에도 수십 톤에 달하는 고물이 왔다 갔다 하는 초대형 고물상이었다.

사업가들은 이들에게 고물상이라는 표현보다는 자원회사라는 수식어를 붙이는데, 그들이 움직이는 자금력이 생각보다 엄청났기 때문이다.

미국의 자원시장에서 이들이 차지하는 비율이 무려 3~5%라고 말할 정도이니 이들의 영향력은 실로 엄청나다고 할 수 있었다.

로이드와 투하는 짙게 선팅이 된 차량 안에서 이들을 예의주시하고 있다가 이내 50대나 되는 트레일러가 출발하는 것을 발견했다.

"지금이에요. 출발하고 있어요."

"좋았어. 어디로 가는 것인지 한번 따라가 보자고."

트레일러 행렬은 보스턴 항구로 향했다.

로이드는 이 트레일러들이 철광석을 싣고 있다고 확신했
다.

"어디로 가는 배일까? 분명 철광석이 실려 있는 것은 확실
한데 말이야."

"가서 알아보는 편이 빠르겠군요."

"방법이 있겠어?"

"후후, 일단 두고 보라고요."

약 한 시간 정도 차를 몰아 도착한 보스턴 항구에는 수많은
여객선과 화물선이 드나들고 있었다.

그녀는 트레일러에서 내린 화물들이 선적되고 있는 선착
장으로 향했다.

항만 크레인이 바쁘게 움직이고 있는 가운데 그녀는 카메
라와 수첩을 들고 크레인 근처로 다가갔다.

그리곤 큰 소리로 외쳤다.

"저기, 아저씨!"

정신없이 짐을 나르고 있던 크레인 기사는 무심코 옆을 바
라보았다.

"무슨 일입니까?"

"저는 대학생 견습기자인데, 인터뷰 좀 할 수 있을까요?"

"제가 좀 바빠서 말입니다. 나중에……."

그녀는 속옷 안으로 손을 집어넣었다.

"그럼……."

"어, 어어…?!"

화들짝 놀라 손을 휘휘 내젓는 그에게 투하는 담배를 한 갑 건넸다.

"이것이라도 좀 받으시고……. 제가 아빠 담배 훔쳐 온 거 에요. 물 건너온 거거든요."

풍만한 가슴을 이리저리 휘저으며 찾아낸 담배를 바라보 며 그는 허탈한 웃음을 내뱉었다.

"하, 하하! 고맙군요."

순간 그녀는 새치름하게 눈을 흘겼다.

"뭐예요? 지금 무슨 상상을 하신 거예요?"

"그, 그게 아니고……."

"흥! 아저씨, 변태군요?"

"아아……."

이윽고 그녀는 눈웃음을 치며 미소를 지었다.

"헤헤, 그런 의미로 이 배가 어디까지 가는지만 알려주세 요."

그는 졌다는 듯이 입을 열었다.

"후후, 그럽시다, 까짓것. 죽기야 하겠어요? 이 배는 알레 스카로 향합니다."

"알레스카요?"

"미국령 알레스카로 향한다고 하는데, 자세한 행선지는 나 도 잘 몰라요."

"그렇군요."

그녀는 자신의 가방에서 담배를 한 갑 더 꺼내 건넸다.

"이건 서비스요."

"하하하, 감사합니다."

입이 귀에 걸린 그를 뒤로한 채 투하는 다시 차로 돌아왔다.

로이드는 그녀를 바라보며 실소를 흘렸다.

"훗, 생각보다 더 쓸모가 있는 여자였군."

"헤헷, 당연하죠."

행선지를 알아냈으니 이제 이들의 뒤를 캐는 일만 남았다.

"배편을 구하도록 하지."

"그래요."

항만에 차를 세워둔 두 사람은 알레스카까지 가는 배편을 구하기 위해 수속을 밟았다.

9장

흑막과 마주하다

오하이오에 위치한 고물상.

화수는 수백만 톤에 이르는 철광석을 바라보며 혀를 내둘렀다.

"도대체 이 많은 물건을 어디에서 조달했을까요?"

"전 세계에서 조달했겠지요."

두 사람은 어둠이 내린 틈을 타 컨테이너 야적장을 돌아다니며 라벨을 훑어보았다.

그러다 레이는 중국에서 온 듯한 표식을 발견했다.

"중국? 듣자 하니 요즘 중국은 철광석 수요가 많아서 어지간하면 수출을 자제한다고 하던데 그것도 아닌 모양입니다."

"어제 리처드에게서 소식을 들은 것 같습니다. 아시아 최대 생산지에서 조금씩 그 양을 빼돌리고 있다고요."

"안 그래도 철의 소비가 가장 많은 중국에서 철광석이 자꾸 빠져나간다면 값이 더 오르겠지요. 참, 놈들의 수법이 생각보다 더 교묘한 것 같네요."

"그러게 말입니다."

컨테이너를 조사하고 있던 화수는 그의 곁으로 개들이 무리를 지어 다가오는 것을 보았다.

헥헥!

그중에서도 우두머리가 화수에게 다가와 자꾸 몸을 비비고 바짓가랑이를 물어뜯었다.

"뭐지?"

"이게 지금 뭐 하는 행동일까요?"

화수는 다시 동물이나 괴물과 대화할 수 있는 스위쳐 커뮤니케이션을 발동시켰다.

그러자 녀석의 말이 귀에 들리기 시작했다.

—위험해요! 지금 이곳에 있으면 안 돼요!

그는 레이의 옷깃을 붙잡아 개들이 이끄는 곳으로 움직이기로 했다.

"갑시다."

"어딜 말입니까?"

"이곳에 있으면 위험합니다."

"그게 무슨……."

"일단 피합시다."

개들을 따라서 우거진 수풀로 이동한 화수는 잠시 후 그곳으로 소총을 찬 경비원들이 몰려드는 것을 볼 수 있었다.

"트레일러를 옮긴다! 알레스카까지 가려면 갈 길이 멀어!"

"예!"

레이는 눈이 휘둥그레져 화수를 바라보았다.

"도, 도대체 방법이 뭡니까? 혹시 개들의 언어를 알아듣기라도 한 겁니까?"

화수는 짐짓 모르는 척 어깨를 으쓱거렸다.

"그러게 말입니다. 저도 그게 궁금하군요."

경비원들이 컨테이너의 라벨을 떼어내자 지게차들이 트레일러에 컨테이너를 선적했다.

그리곤 운전기사들에게 뭔가 묵직한 봉투를 건넸다.

"항만에서 배를 타고 직접 움직여라. 다른 사람들이 알아챌 수 없도록."

"예, 알겠습니다."

레이는 그들이 조직적으로 움직이는 단체라는 것을 알 수 있었다.

"운전기사부터 경비원까지 모두 한 조직에 소속된 사람들인 모양입니다. 그것도 아주 전문화된 사람들 같습니다."

그들은 지게차를 몰고 대형 트레일러까지 운전하면서 소

총을 다룰 수 있는 것 같았다. 한마디로 그들은 팔방미인으로 못하는 것이 없는 전문가였다.

"그나저나 알레스카로 간다니, 그곳에 조금 더 큰 창고가 있는 모양이지요?"

"어쩌면 횡단열차에 물건을 실어 중국이나 한국으로 보낼 요량인지도 모르지요. 아니면 유럽까지 가는 것일 수도 있고요."

화수는 주머니에서 세계전도를 꺼내어 탐독했다.

"그러고 보니 루트가 꽤나 명확합니다. 이곳에서 물건을 모아 러시아로 보내면 기차로 유럽까지 한번에 실어 나를 수 있지요."

"아마도 아메리카에서 모은 물건을 러시아로 옮겨서 유통하는 모양입니다."

"그렇다면 이제 곧 물건 값이 떨어질 것이라는 소리군요?"

"그럴 수도 있겠지요."

두 사람은 자리에서 일어나 다시 자동차가 있는 곳으로 향했다.

"일단 움직입시다."

"그러시죠. 이곳에서 항구까지 가자면 뉴저지까지 이동해야 합니다. 서두르시죠."

"네, 알겠습니다."

화수가 자리에서 일어나 걸음을 옮기자 열네 마리의 개도 함께 움직였다.

헥헥!

"또 왜 저러는 거죠?"

그가 다시 마법을 시전하자 우두머리의 말이 들려왔다.

ㅡ대장을 따르자!

ㅡ옳소!

아마도 화수가 우두머리를 제압하면서 그를 리더로 인식한 모양이었다.

"어, 어라? 이러면 곤란한데?"

"무슨 일이십니까?"

"놈들이 저를 따라서 이동하려는 것 같습니다."

"네? 그건 좀……."

화수는 우두머리를 설득하기 위해 대화를 시도했다.

'이봐, 나는 너희를 데리고 갈 수가 없어.'

ㅡ대장을 따르자!

'그러니까…….'

하지만 화수는 녀석들과 제대로 대화를 할 수가 없었다. 주변에서 사람들의 목소리가 들려왔다.

"어라? 그러고 보니 경비견들이 다 어디로 갔지?"

"나가서 한번 찾아볼까요?"

"그렇게 하도록. 패나 비싼 돈을 주고 데리고 왔더니 제값을 하지 않는군."

경비원들은 화수가 있는 곳으로 천천히 다가오고 있었고,

이제 남은 시간은 그리 길지가 않았다.

레이는 일단 화수를 잡아끌었다.

"우선 이곳을 빠져나간 후에 생각합시다."

"하지만 이 개들은 어쩌고요?"

"데리고 가야지요."

아무리 개들의 덩치가 커도 차에 구겨 태우면 못 움직일 것
도 없을 것이다.

"알겠습니다. 가자, 애들아."

헥헥!

—대장을 따라라!

—와아아아아!

화수는 무려 열네 마리나 되는 개를 줄줄이 이끌고 자동차
로 향했다.

*　　　*　　　*

동부 시베리아를 아우르는 최대 항구도시 블라디보스토크.

화수는 레이와 함께 항만을 거닐고 있었다.

"이 근방이 맞나요?"

"예, 이곳입니다."

두 사람은 얻어낸 정보에 맞는 선착장을 찾아 거닐다 이내
정보와 딱 맞아떨어지는 곳을 찾아냈다.

[458-4번]

레이는 쪽지의 글귀와 같은 글씨가 쓰여 있는 항구 앞에 멈추어 섰다.

"여기인 것 같습니다."

"그렇군요."

화수는 한창 하역 작업이 진행 중인 인부들 틈을 헤집고 지나 트레일러의 운전석으로 다가갔다.

한창 담배를 피우며 여독을 풀고 있는 조직원들이 보였다.

검은색 야구모자에 회색 점퍼를 입은 꼴이 영락없는 원자재 배달기사 같아 보였다.

레이는 그들에게 천천히 다가가 말을 걸었다.

"저기 말씀 좀 묻겠습니다."

"뭡니까?"

"혹시 기차역까지 가는 길이 어디인지 아십니까?"

그들은 담배를 피우다 말고 레이에게 제법 자세하게 길을 설명해 주었다.

"항만을 나가서 왼쪽으로 쭉 가다 보면 광장이 하나 나옵니다. 거기서 버스를 타거나 택시를 타면 될 겁니다."

"아, 그렇군요. 감사합니다."

꾸벅 고개를 숙이는 레이. 그의 뒤로 마취제가 든 주사기가 날아왔다.

피융!

퍼억!

"으헉?!"

"뭐, 뭐야?!"

그 뒤를 이어 세 개의 주사기가 더 날아왔고, 운전기사들은 차례대로 쓰러져 버렸다.

화수는 그들을 재빨리 트레일러 짐칸에 구겨 넣었다.

이제 앞으로 이들은 약 네 시간 정도 정신을 차리지 못할 테니 그동안은 돌아다녀도 전혀 문제될 것이 없을 것이다.

화수는 소음기가 달린 마취총을 바다에 버리고 트레일러 운전석에 앉았다.

부르르르릉!

대형면허는 물론이고 특수면허까지 취득한 화수에게 트레일러 운전은 그리 어려운 일이 아니었다.

레이는 재빨리 몸을 날려 화수를 따라 조수석에 몸을 실었다.

"출발하지요."

"예."

그는 미리 준비한 작업복으로 갈아입고 이내 가속 페달을 밟았다.

부아아아앙!

재빨리 항만을 나서는 트레일러를 바라보며 항만 크레인 기술자들은 고개를 갸웃거렸다.

"어라? 왜 혼자만 출발하지?"

"그러게 말이야."

의아한 생각이 들었지만 그들은 물건을 옮겨주고 돈만 받으면 그만인 사람들이었다.

그들은 계속해서 맡은 작업에 몰두했다.

*　　*　　*

콜롬비아의 수도 산타페 데 보고타의 한적한 카페.

한 청년이 선글라스를 쓴 채 신문을 읽고 있었다.

그런 그의 곁으로 중년인 두 명이 다가와 말을 걸었다.

"자네가 빌리인가?"

빌리라 불린 청년은 이내 선글라스를 벗고 두 사람을 쳐다보았다.

"어느 쪽이 이바노프십니까?"

전형적인 러시아 사내의 모습을 한 이바노프가 살며시 손을 들었다.

"내가 이바노프일세."

"반갑습니다. 전화 받은 빌리입니다."

"이쪽은 일전에 말한 내 지인 베네노아."

"반갑네."

"빌리입니다. 듣자 하니 이탈리아인의 피가 섞인 미국 혼혈이라면서요?"

"그렇다네. 내 어머니는 이탈리아인이고 아버지는 미국인이시지."

"그래서 그런지 상당히 이국적인 느낌이 듭니다."

"처음 보는 사람들은 대부분 그렇게 말하더군."

이곳에서는 두 사람 모두 이방인처럼 보일 테니 이국적이라는 소리는 사실 둘 모두에게 통용되는 얘기이다.

빌리는 두 사람에게 앉을 것을 권했다.

"일단 좀 앉아서 음료라도 드시지요."

"난 맥주."

"난 보드카."

대낮부터 술을 마시는 이들이지만 빌리는 대수롭지 않게 주문했다.

"여기 맥주 한 명에 보드카 한 잔."

웨이터는 가볍게 고개만 끄덕여 대답한 후 주방으로 향했다. 빌리는 주문을 마치고 난 후 다시 두 사람에게로 시선을 돌렸다.

"그래, 저에게 전하실 말씀이 뭡니까? 대충 듣자 하니 상당히 중요한 얘기라고 하던데요."

"쿠오시드의 위신이 걸린 일이지."

조직에 대한 얘기가 나오자 빌리는 상당히 민감하게 반응했다.

"…조직의 위신이라니요. 그게 무슨 말씀이십니까?"

"흑사회에서 자네들의 사업장을 노리고 있어. 잘못하면 북아메리카의 유통로를 모두 빼앗길 수도 있지."

빌리는 고개를 갸웃거렸다.

"중국 쪽에서 아메리카까지 손을 쓴다고요? 어째서요?"

"지금 중국은 장사를 하기 힘든 상황에 처해 있네. 공안이 마약사범들을 꽤 험하게 다루고 있거든."

"일본과 한국 쪽은요?"

"일본과 한국의 인구가 아무리 적지 않다고 해도 그들의 마약 소비 비율은 상당히 낮은 편일세. 아메리카만큼 노다지 땅도 없지."

"정부의 압박을 타계하기 위해 우리의 밥그릇을 탐내고 있다는 소리군요."

"그렇다고 볼 수 있다네."

빌리는 실소를 흘렸다.

"미친놈들이군. 굴러들어 온 돌이 박힌 돌 빼는 것이 얼마나 힘든 일인지 모르는 것 같군요."

"무모하다고 볼 수도 있지만 그들로선 어쩔 수 없는 선택이겠지. 러시아와 척을 지자니 바로 옆 동네의 빈번한 습격을 받을 것 같아서 힘들고, 그렇다고 동남아로 진출하자니 그 까다로운 청방이 버티고 있으니 말이야."

"으음, 그건 그렇군요."

실제로 러시아 마피아는 쉽사리 건드리기 까다로운 존재들이고 청방 역시 잘못 건드렸다간 벌집이 될 수도 있는 조직이다.

그러니 만약 흑사회가 돌파구를 찾는다면 오히려 아메리카 쪽이 나을 수도 있었다.

하지만 그는 여전히 동북아 지역에 대한 미련을 버리지 못한 듯했다.

"아무리 그래도 그들이 동북아 지역을 그리 쉽게 포기할까요? 야쿠자들이 아무리 무서워도 이곳보다 더하겠습니까?"

야쿠자의 악명이 아무리 높다곤 해도 중남미 마피아들과 비교하면 그렇게 큰 리스크는 아니었다.

이바노프의 말에 의한다면 지금 흑사회는 조금 무모한 행동을 하고 있는 셈이다.

"하지만 만약 그들의 끄나풀이 이곳에 있다면?"

"조직 내부에 스파이가 잠입했단 말입니까?"

"그래. 만약 자네들 틈바구니에 흑사회의 끄나풀이 숨어 있다면 일이 어떻게 돌아가겠나?"

"으음."

경찰도 두 손 두 발 다 든 아메리카 대륙의 마피아들이다.

하지만 그들 역시 조직을 이루고 살아가는 사람들이기 때문에 내부에 스파이가 있다면 상당히 골치가 아파진다.

또한 단속이 아니라 그저 마약을 판매하려 사람을 심는다면 그 뿌리를 뽑기가 무척이나 까다로울 것이다.

"좋습니다. 두 분의 말씀이 다 맞는다고 치지요. 하지만 그렇다고 우리가 벼룩을 잡자고 집안을 다 때려 부술 수는 없는 노릇 아닙니까?"

"그럴 수 없으니 저들의 신경을 건드려서 반응을 보고 결정하면 되지 않겠나?"

"어떻게 말입니까? 그런 방법이 있겠습니까?"

"그래서 내가 온 것 아닌가?"

이바노프는 그에게 태블릿PC를 건넸다.

"여기에 지금 그들이 벌이고 있는 짓거리에 대한 자료가 들어 있네."

"무슨 짓거리 말입니까?"

"지금 그들은 전 세계에 있는 철광석이란 철광석은 다 긁어모으고 있네."

"그게 지금 이 일과 무슨 상관이란 말입니까?"

"철광석 값이 오르면 원자재 상인들은 수혜를 보겠지만 중국 정부의 입장에서는 곤란하기 이를 데가 없어. 그렇기 때문에 중국 내부에서 생산되는 철광석은 외부로 잘 반출시키지 않는다네."

"으음, 그거야 상식이지요."

"최대 산지인 중국에서 물건을 풀지 않는다면 값은 그리 크게 오르지 않을 거야. 하지만 전 세계적으로 철광석 품귀현상이 일어난다면 어떻게 되겠나?"

"자동적으로 철 값이 오르겠지요."

"그렇지. 국제 물가는 한 국가가 좌지우지할 수 없는 것이니까. 그런데 말이야, 그런 상황에서 내부의 철광석이 자꾸 빠져나가 값이 점점 오른다면 어떻게 되겠어?"

"정부가 가만있지 않겠지요."

"그렇게 되면 정부의 시선은 원자재에 실릴 테고, 아무래도 국제적인 시선 역시 그곳으로 쏠리지 않겠나?"

"그러니까… 그들은 지금 철로 이슈를 만들어놓고 이곳에 공작을 펼칠 예정이란 말입니까?"

이바노프는 고개를 끄덕였다.

"그렇다네. 그 증거로 자네가 받은 파일에 담긴 내용과 같은 일이 일어나게 되는 것이지."

파일에는 지금 그들이 엄청난 양의 철광석을 매집하고 있으며, 중국 각지에 있는 마약 공장이 풀가동되고 있다고 나와 있었다.

믿을 수 없는 정보라기엔 그 내용이 너무나 자세하고 세세했기 때문에 도저히 믿지 않을 수가 없었다.

"…빌어먹을 놈들이군요. 아예 작정하고 공장까지 돌리고 있는 것을 보면 말입니다."

"요즘은 필로폰만으로는 젊은이들이 만족하지 않으니 아예 작은 제약회사까지 사들여 약을 찍어내고 있다더군."

중국인 명의로 된 제약회사 네 곳은 폐업 신고를 했다가 다시 회생 절차를 밟고 있었다.

그곳에 속한 생산 시설은 모두 남아 있는 상태였고, 원자재 출납에 대한 대장도 빼곡하게 작성되어 있었다.

"이 정도면 엑스터시는 물론이고 각종 환각제를 대량으로 찍어낼 수 있어. 요즘은 마약도 다양성이 결여되면 잘 팔리지 않는다면서?"

"확실히 그렇습니다. 이런 개새끼들……."

빌리는 이를 바득바득 갈았다.

"이놈들의 심기를 건드릴 수 있는 방법이 뭡니까? 지금 당장 첩자를 잡아내야겠습니다."

조직의 중간 보스쯤 되는 빌리의 입장에서는 단숨에 수뇌부로 올라갈 수 있는 사건을 잡아냈으니 흥분하는 것이 당연했다. 하지만 이바노프는 상당히 느긋한 태도로 일관했다.

"서두르지 말게. 너무 성급하게 움직였다간 물고기를 놓치고 말아."

"하지만……."

"급할수록 돌아가라고 했네."

그는 빌리에게 지금 자신이 벌이고 있는 일에 대해 설명했다.

"잘 듣게. 지금 우리는 놈들이 사 모으고 있는 철광석의 일부를 탈취했다네."

"일부라면 얼마나 많은 양을 말씀하시는 겁니까?"

"적어도 100만 톤 정도?"

"생각보다 많은 양이군요."

"미국 전역에서 끌어모은 것 같더라고. 지금 물건은 블라디보스토크를 떠나 다시 한국으로 되돌아오는 중일세."

"한국으로 빼돌린다면 금세 눈치를 챌 텐데요?"

"그래, 그렇겠지. 하지만 자네가 그런 가운데 아주 크게 한 탕 친다면 놈들은 어떻게 생각할까? 또한 놈들이 한국으로 조직원들을 보냈을 때 자네의 부하들이 총질을 좀 해준다면?"

"당연히 저희에게 총구를 돌리겠지요."

그는 고개를 가로저었다.

"아니, 아마도 조금 주춤할걸. 내가 쿠오시드에서 이미 눈치를 챘다고 소문을 흘릴 테니까."

"그것이 통할까요?"

"아마도 경고의 의미로는 좋을 거야. 물건은 다시 돌려주면 그만이고."

빌리는 고개를 끄덕였다.

"좋습니다. 그럼 제가 어떻게 움직이면 좋겠습니까?"

베네노아는 빌리에게 시베리아에 위치한 창고의 정보를 건네주었다.

"이곳을 털면 될 거야."

"적재량은 얼마나 됩니까?"

"아직 우리도 가늠할 수 없네. 모르긴 몰라도 그곳에 있는 양은 실로 엄청날 걸세."

"으음, 그렇군요."

"자네는 그것을 가지고 다시 남미로 돌아가게. 만약 그것이 힘들다면 동남아나 동북아에 내려놓고 가든지."

그는 고개를 가로저었다.

"아니요. 유럽으로 가겠습니다."

"그래, 알겠네. 그럼 그렇게 하세."

빌리는 전의를 불태웠고, 두 사람은 회심의 미소를 지었다.

*　　　*　　　*

러시아 블라디보스토크의 항만 시설.

로이드와 리처드는 복면을 하고 하역장으로 향하고 있었다.

로이드는 미국에서부터 모아놓은 정보를 바탕으로 이 트레일러에 대한 습격의 판을 짰다.

조금은 위험할 수도 있는 판이긴 하지만 이 판으로 인해 전세는 역전될 것이다.

검은색 마스크를 쓴 로이드에게 리처드가 물었다.

"알지? 시간이 생명인 것."

"당연하지. 게릴라는 내 전문이다. 걱정할 필요 없어."

"후후, 그렇긴 하지."

두 사람은 오랜만에 합을 맞추기로 했다. 오늘의 목표는 철광석이 가득 든 컨테이너 박스였다.

오늘 그들이 탈취하게 될 컨테이너 박스는 총 열 개. 이 정도 양이라면 당장 공장을 한 달간 돌릴 수 있었다.

그 이후엔 다시 철 값이 안정될 테니 걱정할 필요가 없었다. 물론 지금 베네노아가 펼치고 있는 작전이 성공했을 때의 얘기지만, 돌아가는 판이 상당히 희망적이었다.

지금 이 작전만 성공시킨다면 충분히 다시 회생의 기회가 생길 것이다.

검은색 복면을 다시 한 번 눌러쓴 두 사람은 경계를 서고 있는 경비원들을 향해 최루탄을 집어 던졌다.

핑, 츄가가가가가각!

"쿨럭쿨럭!"

순식간에 무력화된 열 명의 경비 병력에게 다가간 두 사람은 수술용 마취제를 투여했다.

푸욱.

"으허어억……."

깊은 잠에 빠져버린 그들을 뒤로하고 두 사람은 컨테이너로 돌입하는 길목에 최루탄을 투척했다.

핑!

"가자!"

"오케이!"

두 사람은 트레일러를 줄줄이 연결시켰고, 트럭이 엄청난 굉음을 내며 달리기 시작했다.

부아아아앙!

그들을 잡기 위해 20명이 넘는 경비원이 달려왔지만, 이미 눈과 코가 최루 가스에 노출되어 총도 제대로 쏠 수 없는 상태였다.

"쿨럭쿨럭!"

"이런 빌어먹을!"

로이드와 리처드는 항만에서 최대한 빠르게 탈출하여 기차 물류 선적장으로 향했다.

두 사람은 경비 병력을 따돌리고 투하가 기다리고 있는 선적장에 도착했다.

"우리가 좀 늦었나?"

"아니요. 충분해요. 이제부터 선적을 시작하면 될 거예요. 수속은 이미 다 밟아놓았어요."

"오케이. 가자고."

두 사람은 화수에게 배운 지게차 운전 기술로 차근차근 컨테이너를 기차에 결속시켰다.

위이이이잉!

"내려!"

쿠웅, 철컥!

무려 열 개나 되는 컨테이너를 연결시킨 두 사람은 다시 트레일러를 타고 바닷가로 이동했다.

그리곤 바닷가 앞에 멈추어 세우고 시동을 켠 채 핸들을 고정시켰다.

리처드와 로이드가 고정된 핸들 바로 아래에 있는 클러치 페달에 무게 추를 살며시 올려놓자 트레일러가 천천히 앞으로 나가기 시작했다.

기어를 1단이나 2단으로 놓고 클러치를 떼면 차는 앞으로 나아가도록 되어 있다. 반 클러치 상태가 된 차는 거센 진동을 일으키며 앞으로 나아갔다.

부르르르르!

"좋아! 가자고!"

"오케이!"

두 사람은 클러치를 잘 고정시켜 놓고 다시 기차역으로 향했다. 아마 두 사람이 기차역에 도착했을 때엔 트레일러가 바다에 빠져 침몰하고 있을 것이다.

반 클러치 상태에선 엔진의 힘이 고속 상태보다 좋기 때문에 오르막길을 미끄러지지 않고 올라갈 수 있다.

이 상태라면 앞을 막는 장애물들을 뛰어넘어 곧장 바다로 뛰어들 것이다. 투하가 있는 선적장으로 다시 돌아온 두 사람은 그녀에게 여권을 한 장씩 건네받았다.

"위장 여권이에요. 이것을 가지고 마가단까지 가면 돼요."

"알겠어."

세 사람은 쉴 수 있는 공간이 있는 앞 칸으로 이동했다.

*   *   *

블라디보스토크에서 철광석을 탈취한 화수는 컨테이너를 가지고 시베리아 횡단열차에 올랐다.

레이는 생각보다 정보공급과 비행기 편 구매 등의 능력이 뛰어난 사람이었다.

판단력도 좋지만 그 방면으로 인맥이 넓었던 것이다.

그는 시기적절하게 비행기표를 구매하고 곧바로 탈취가 연결되도록 도와주었다.

로이드가 미국에서 시베리아로 건너와 추가 작전을 실행하는 순간에 리처드와 합류하는 등의 행동들은 그가 비행기 편을 시기적절하게 배치했기 때문이었다.

아마 그런 연출이 아니었다면 지금 이 작전은 성공할 수 없었을 것이다. 그들은 함께 열차를 타고 마가단까지 갈 예정이다.

화수는 마가간에 거의 다 도착할 때 즈음 되어 리처드에게 전화를 걸었다.

"거의 다 도착했다. 배편은 마련했나?"

―예, 형님. 이제 형님만 오시면 출발합니다.

"알겠다. 적어도 두 시간 안에는 도착할 수 있어."

―예, 알겠습니다.

시베리아 횡단열차에서 내린 화수는 다시 트레일러에 심을 옮겨 실었고, 차는 마가단 항구로 향했다.

화수가 가진 물건이 100만 톤, 리처드와 로이드가 가진 물건이 100만 톤이니 앞으로 한 달은 물건 걱정을 하지 않을 수 있게 되었다.

사재기로 모은 물건에다가 출처도 불분명한 철광석이니 이것을 화수가 사용한다고 크게 문제될 것은 없을 것이다.

두 시간 후, 화수는 로이드와 리처드가 기다리고 있는 선착장에 도착했다.

세 사람은 재회하자마자 손을 마주치며 기쁨을 나누었다.

"반갑다."

"형님!"

이윽고 그들은 상선에 컨테이너를 옮겨 실었고, 중간에 합류한 레이에게 행선지에 대해 설명했다. 레이는 비행기편이나 헬기편을 구해주는 등의 일을 했고 전체적은 판은 화수가 짰다.

그러니 앞으로의 일정은 그가 조율하게 되는 것이다.

"우리는 지금 울산으로 갈 겁니다. 그곳 야적장에 컨테이너를 내려놓으면 중남미에서 마피아들이 알아서 물건을 지켜주겠지요."

그는 마피아라는 말에 조금 망설이는 표정을 지었다.

"이래도 괜찮을까요?"

"죽어도 제가 죽습니다. 사장님은 괜찮아요. 계속해서 큰

손의 뒤를 캐도 될 겁니다."

레이는 깊게 심호흡을 한 후 배에 올랐다.

"갑시다."

"그러시죠."

투하까지 총 다섯 명이 배에 올랐다. 그리고 그 뒤를 이어 열네 마리의 도베르만이 줄을 지어 화수를 따랐다.

헥헥!

로이드와 리처드가 녀석들을 바라보며 고개를 갸웃거렸다.

"이 녀석들은 다 뭡니까?"

화수는 쓸쓸한 미소를 지었다.

"조금 복잡한 사정이 있어. 내가 녀석들에게 신세를 졌더니 이렇게 따라오는군."

"신세를 져요?"

레이 역시 화수와 비슷한 표정을 지었다.

"뭐, 그런 것이 있습니다. 말로 설명하기가 조금 복잡하군요."

"그래요?"

두 사람은 별로 대수롭지 않게 생각하며 배에 올랐고, 도베르만들은 짖지도 않고 아주 조용하게 화수를 따랐다.

헥헥!

그는 개들을 차례대로 쓰다듬으며 읊조렸다.

"뭐 어때? 개 몇 마리 늘어난다고 문제가 되겠어?"

화수는 꽤 많은 일행을 데리고 한국으로 향했다.

*　　　*　　　*

중국 중경의 한 만두 전문점.

한 여인이 고량주에 고기만두를 먹고 있다. 그녀는 벌써 독주를 다섯 병이나 비웠지만 술잔을 넘기는 손을 멈추지 않았다.

꿀꺽!

"으음, 좋군."

많이 봐줘야 20대 중반이나 될 법한 얼굴의 그녀는 마치 술을 물처럼 마시면서도 전혀 취한 기색이 아니었다.

그런 그녀의 곁으로 네 명의 사내가 들어와 고개를 숙였다.

"당주님, 이곳에 계셨습니까?"

"무슨 일이지?"

사내들은 고개를 숙인 채 말을 이었다.

"송구합니다만, 일이 좀 생긴 것 같습니다."

"일?"

"물건이 털렸습니다."

순간 그녀는 살며시 고개를 돌려 사내들을 바라보았다.

"…다시 한 번 말해봐. 뭐라고 했나?"

"그, 그게……."

냉기가 풀풀 날리는 그녀의 눈동자는 지금 당장에라도 사내들의 목을 날려 버릴 기세였다. 사내들은 자동적으로 식은 땀을 흘렸고, 그녀는 살며시 자리에서 일어섰다.

"물건을 털렸다……. 지금 나에게 이렇게 말한 것 같은데, 맞나?"

"예, 당주."

"후후, 용기가 가상하군. 그러고도 뻔뻔히 머리통을 달고 내 앞에 나타나다니……."

"그, 그게 아니고……."

이윽고 그녀는 손에 쥐고 있던 젓가락으로 한 사내의 목덜미를 꿰뚫어 버렸다.

푸하아아악!

"끄아아아아악!"

사방으로 튀는 선혈을 주체하지 못하고 바닥에 엎어져 뒹구는 그를 바라보며 나머지 사내들은 마른침을 삼켰다.

"사, 살려주십시오!"

이럴 때는 그저 고개를 숙이는 것밖에는 길이 없었다.

깊이 고개를 숙인 네 사람을 바라보던 그녀가 이내 다시 자리에 앉았다.

"죽이기 전에 물건을 받아야겠다. 가서 다시 물건을 찾아와."

"예, 알겠습니다!"

"시간은 하루다. 그 안에 찾지 못하면 너희 일가족은 다 죽은 목숨이야."

"예, 당주!"

그들은 죽어가는 동료를 데리고 나갔고, 그녀는 계속해서 만두에 고량주를 마셔댔다.

꿀꺽!

"좋군."

방금 전 사람을 찔렀다고는 전혀 상상도 할 수 없을 만큼 태연한 표정의 그녀는 얼굴과 손에 튄 피를 닦아내며 만두를 집어 먹었다.

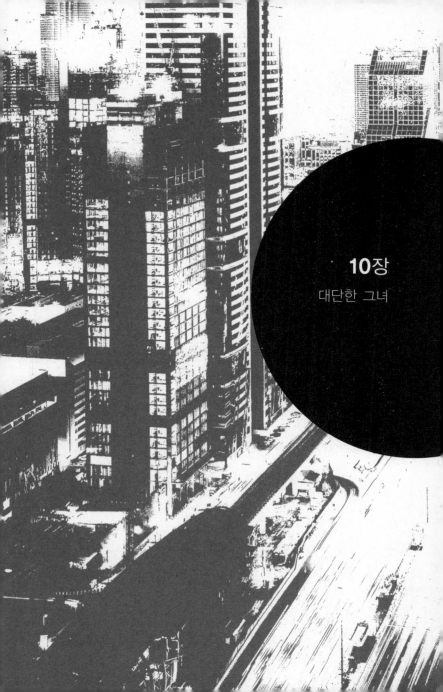

10장

대단한 그녀

　울산의 한 모텔.

　이곳은 중남미 마약 조직인 쿠오시드가 전세를 내어 거주하고 있었다.

　때문에 대실을 하러 온 사람들도 발길을 돌리기 일쑤였지만 워낙 험악한 그들이기에 여관주인은 어떨 도리가 없었다.

　화수와 베네노아는 그들이 머물고 있는 모텔 끝 층에 위치한 특실을 찾았다.

　똑똑.

　"들어오십시오."

　빌리는 문을 열어놓은 채 식사를 하고 있었다.

그는 분식집에서 산 김밥과 라면으로 끼니를 때우고 있었는데, 꽤나 마음에 들어 하는 눈치다.

"생각보다 한국 음식이 입에 맞는군요. 이대로 한국에 눌러앉을까 싶기도 합니다."

가끔 한국으로 여행을 왔다가 음식과 문화에 반해 아예 눌러앉는 외국인들을 심심치 않게 찾아볼 수 있다.

그들이 이곳에 상주하는 것은 선진국에 비해 저렴한 화폐 비율도 있지만 전체적으로 살기가 아주 편리하기 때문이었다.

"돈만 있으면 알아서 다 가져다 주는 나라가 세상에 어디 있겠습니까?"

화수는 고개를 끄덕였다.

"하긴 그건 그렇습니다. 이 세상에 돈만 많으면 가장 살기 좋은 나라가 바로 한국 아니겠습니까?"

나라 안팎으로 별의별 해괴한 일이 다 일어나고 있는 한국 이지만 가진 것이 많다면 생각보다 훨씬 살기 좋은 곳이었다.

치안도 생각보다 훨씬 좋기 때문에 야밤에 거리를 나돌아다녀도 칼에 맞는 경우는 거의 없었다.

좀도둑이 판을 치는 중남미와는 상당히 다른 모습이라고 할 수 있었다.

빌리는 자신을 찾아온 두 사람에게 물었다.

"그나저나 이곳엔 무슨 일입니까? 그것도 이 야밤에 말입니다."

화수는 그에게 사진을 한 장 건넸다.

"놈들이 입국했습니다."

흑사회의 한 갈래라고 알려진 양천회의 중간 보스 장마량이 부하들을 이끌고 한국에 입국했다.

로이드는 그 광경을 직접 사진에 담았고, 빌리는 그것을 불과 10분 만에 확인하게 된 것이다.

그는 입맛이 떨어졌다는 듯이 식탁에서 고개를 돌렸다.

"…쥐새끼 같은 놈들. 정말로 이곳에 왔군요."

"정해진 수순이었네. 놈들은 정말로 마약 상권을 틀어쥐기 위해 움직이고 있어. 아마도 조만간 이곳은 물론이고 중남미까지 집어삼키겠지."

화수는 그에게 앞으로의 행보에 대해 물었다.

"어떻게 하실 겁니까? 이제 우리가 해드릴 수 있는 것은 다 한 것 같습니다만."

"뒷일은 저희가 알아서 합니다. 당신들은 물건이나 잘 챙겨서 베트남으로 뜨면 됩니다."

"정말 저희가 없어도 되겠습니까?"

빌리는 조금 걱정스러운 말투로 묻는 화수에게 고개를 끄덕였다.

"당연합니다. 우리가 누구입니까? 날아가던 새도 떨어뜨린다는 쿠오시드입니다. 걱정할 필요 없습니다."

"그럼 다행이고요."

베네노아는 그에게 한 가지 조언을 해주었다.

"일을 너무 크게 벌이면 골치가 아파질 것이네. 아무리 조직력이 좋아도 이곳은 한국이야. 타지에서 싸우는 것은 놈들도 마찬가지겠지만 잘못하면 경찰특공대까지 끌어들일 수 있어."

"그건 걱정하지 마십시오. 어지간하면 총은 쓰지 않을 것이니."

"그렇다면 다행이고."

이내 두 사람은 빌리에게 창고 열쇠를 건네받는다.

"이것으로 거래는 성사된 것이나 마찬가지지요?"

"만약 놈들의 습격을 받지 않는다면 말입니다."

"그거야 우리가 감당할 일이고요."

"후후, 알겠습니다."

화수와 베네노아는 이내 발길을 돌렸다.

*   *   *

정보를 제공하는 대가로 받은 철광석으로 인해 이수자동차의 공장은 다시 가동될 수 있었지만 아직도 문제는 남아 있었다.

앞으로도 계속 저들이 이런 식으로 철광석을 사들인다면

문제가 점점 더 복잡해질 것이다.

화수는 레이와 함께 저들의 배후를 밝혀 일을 정리할 수밖에 없었다.

그 일환으로 화수와 레이는 다소 무모하지만 가장 빠른 방법을 택했다.

그것은 바로 장마량을 산 채로 잡아서 정보를 캐내는 것이었다.

물론 그가 맨입으로 정보를 토해낼 리는 없기 때문에 그를 포섭하기 위한 당근을 준비했다.

원래 장마량은 7남매를 건사하는 장남이었는데, 2008년에 일어난 사천성 대지진으로 인해 남매가 뿔뿔이 흩어지고 말았다.

장마량은 시장에서 정육점 일을 하면서 밤에는 택배회사에서 잡역까지 하는 성실한 청년이었다.

하지만 중국 사천성에서 지진이 일어나면서부터 모든 것이 바뀌고 말았다.

정육점은 지진으로 붕괴되고 말았고, 7남매가 근근이 살아가던 전통가옥마저 주저앉고 말았다.

그때 장마량의 나이 열여덟 살. 절망에서 일어날 엄두를 내지 못했다.

그래서 그는 학교를 그만두면서까지 건사하던 남매들을 친척들과 고아원에 맡겼다.

당시 고아원에서 원장으로 재직하고 있던 이혜령은 그가 잔뜩 충혈이 된 눈으로 입술을 깨물고 있었다고 말했다.

그는 동생들을 자신의 손에서 떠나보내며 속으로는 피눈물을 삼켰던 것이다.

자신의 인생을 포기하면서까지 지키고 싶던 동생들이 없어진 그의 삶은 그야말로 지옥이었다.

그는 건질 것 하나 없는 집에서 달랑 5위안 상당의 지폐만 겨우 찾아 길을 떠났다.

그리고 도착한 중경에서는 일자리를 찾지 못해 굶어 죽을 뻔한 적이 한두 번이 아니었다.

죽을 고비를 몇 번이고 넘긴 그에게 남은 것은 오로지 악뿐이었고, 결국 그는 스스로를 어둠의 길로 인도하고 말았다.

비가 추적추적 오는 날, 그는 양천회의 보스가 살고 있는 저택에 맨몸으로 쳐들어갔다.

정육점에서 쓰는 박도 한 자루로 무려 30명이나 되는 조직원들을 도륙한 그는 양천회의 보스 양천의 앞에 무릎을 꿇었다.

그리곤 자신을 받아달라고 부탁했고, 양천은 살인기계인 그를 기꺼이 받아주었다.

피와 눈물로 얼룩진 그의 삶이 점점 더 나락으로 떨어지는 계기가 되었으나, 결론적으론 7남매 중 여섯을 모이게 만들었으니 아주 헛된 희생은 아니었다.

하지만 문제는 그중 한 명을 도저히 찾을 길이 없다는 것이었다.

남매 중 넷째인 장문희가 베트남에 살고 있는 화교에게 입양을 가던 길에 실종되고 만 것이다.

그는 자신의 지위를 이용해 끝까지 동생을 수소문했지만 그녀의 행방은 찾을 수가 없었다.

그 이유는 흑사회와 청방의 사이가 그다지 좋지 않기 때문이었다. 조직원들을 베트남으로 보내면 가는 족족 시체가 되어 돌아왔다.

그렇다고 돈을 주고 사람을 찾자니 자신의 일처럼 도와주는 이가 한 명도 없었다.

그러니 돈은 돈대로 날리고 속은 속대로 썩는 악순환이 계속되었다.

레이는 기자 특유의 끈기와 근성으로 당시 중국에서 비행기를 타고 베트남 하노이에 당도한 장문희의 출입국 기록을 입수했다.

그녀가 베트남으로 입국한 것은 확실하니 뒤를 쫓는 것은 그리 어려운 일이 아닐 것이다.

화수는 마오와 함께 베트남 하노이에서 흥신소를 운영하고 있는 그의 부하를 찾아갔다.

아직도 동남아 부근에서 흥신소를 비롯한 각종 뒷골목 사업을 운영하고 있는 마오의 손길은 꽤나 멀리 뻗쳐 있었다.

그가 사람을 찾고자 마음만 먹으면 동남아 바닥에서 찾지 못할 사람이 없을 정도였다.

마오의 부하 퉁탁은 하노이에서 사람을 가장 잘 찾는 이로 알려져 있었다.

퉁탁은 마오가 그녀의 정보를 건네준 지 불과 네 시간 만에 그녀의 소재를 파악해 냈다.

그는 자신이 알아낸 사실을 쪽지에 차례대로 적어 내려갔다.

"이대로 찾아가시면 됩니다."

"여기가 어딘데?"

"하노이 뒷골목에 있는 안마시술소입니다. 그녀는 지금 그곳에 있답니다."

"안마시술소? 어째서……."

"듣자 하니 그녀는 눈이 멀었다고 하더군요. 마약 후유증으로 그리되었다고 합니다."

"저런……."

동남아시아 계열 나라는 특히나 안마에 특화된 골목이 많았다. 대부분 퇴폐적인 목적으로 운영됐다.

더군다나 뒷골목 안마시술소라면 필시 매춘이 이뤄질 것이 틀림없었다.

화수가 그의 손에서 쪽지를 받아 드는데, 마오가 그의 귀를 잡아 일으켰다.

"아, 아아!"

"그런데 가만히 듣고 있자니 열 받네."

"예, 예?"

"지금 보스께서 직접 오셨는데 알아서 찾아가라? 아주 군기가 빠져도 단단히 빠졌군."

"그, 그게 아니고……."

그제야 화수는 원래 마오가 어떤 사람이었는지 기억해 냈다.

그는 뒷골목에서 도박으로 사람들의 팔이나 자르고 다니던 흉악범이었다.

아무리 개과천선했다고 해도 놀던 가락을 완전히 버리는 건 쉬운 일이 아니었다.

"어서 일어나지 않으면 그 엉덩이를 다시는 바닥에 붙이지 못하게 만들어주겠어."

"지, 지금 당장 일어서겠습니다!"

"진즉 그럴 것이지."

마오는 자리에서 벌떡 일어선 그를 발로 툭툭 차면서 사무실을 나섰다.

그러면서도 화수를 깍듯하게 대하는 것도 잊지 않는다.

"가시지요, 보스."

"그래, 알았다."

화수는 어쩐지 어깨가 조금 올라간 것 같은 마오의 뒤를 따랐다.

           *   *   *

하노이 뒷골목에 위치한 안마시술소 거리에 도착한 화수는 끈적끈적한 조명이 비추는 시술소 안으로 시선을 돌렸다.

하지만 그곳은 안마시술소라기엔 너무나 선정적이고 퇴폐적이었다.

유리창 너머로 보이는 그녀들의 몸짓은 상당히 끈적끈적했고 눈빛 또한 상당히 농염했다.

한마디로 자신을 사달라고 무언의 신호를 보내고 있었다.

화수는 슬며시 인상을 찌푸렸다.

"개자식들이군. 사람을 납치해 이런 개짓거리를 하고 있었단 말인가?"

마오는 고개를 가로저었다.

"어쩔 수 없는 생리현상입니다. 남자들이 있으면 퇴폐업소가 만연하게 마련이고, 업자들은 그런 퇴폐업소에서 일할 여성들을 찾아내야 하지요. 제정신 박힌 여자가 이런 퇴폐업소에서 매일 처박혀 일을 할 리는 없을 테니 빚을 지우는 겁니다. 그것도 아주 폭리에 가까운 금리로 바가지를 씌워서 말입니다. 이자에 원금까지 갚자니 허리는 휘고 생활도 해야 하니 결국엔 쳇바퀴 굴러가듯 계속해서 매춘을 하는 것이지요."

"여자를 납치하는 경우도 있나?"

그는 고개를 갸웃거렸다.

"글쎄요, 아주 없지는 않겠지요. 하지만 어지간해서는 납치까진 벌이지 않는 것으로 압니다."

"그럼 그녀는 어째서 마약으로 눈이 멀 때까지 매춘을 한 것일까?"

"아마도 중국에서 이쪽으로 입양 올 때 뭔가 잘못된 것이 아닐까요?"

"입양기관에서 그녀를 이곳에 팔아먹은 것이다?"

"그럴 가능성이 높겠지요."

화수는 고개를 가로저었다.

"개자식들이군. 인간의 탈을 쓰고 어떻게 그런 짓을 벌일 수 있는지 모르겠군."

마오는 화를 참지 못하는 화수에게 연륜이 묻어나는 투로 말했다.

"잔인한 일이지만 어쩔 수 없습니다. 이 나라에서 자신을 지킬 힘이 없으면 저렇게 되는 것이지요. 자신을 지키지 못할 것이라면 지켜줄 사람이라도 있어야 할 텐데 그렇지도 못하면 저 신세가 되는 겁니다."

"하긴."

"결국 저 여자는 자신을 지키지 못한 못난 오빠 때문에 저렇게 된 것이라고 볼 수 있지요."

화수는 직접 얼굴을 본 적은 없지만 장마량이 이 사실을 알면 대성통곡할 것만 같았다.

이윽고 도착한 안마시술소.

마오는 포주에게 그녀의 사진을 보여주며 말했다.

"이 여자를 만날 수 있나?"

"아하, 미나요?"

"이름이 미나인가?"

"네, 이곳에선 그녀를 미나라고 부릅니다. 한국에서 왔다고 하던데요?"

아마도 그녀는 이곳에서 한국인으로 둔갑해서 살아가고 있는 모양이었다.

"이러니 찾고 싶어도 찾을 수가 없었겠지요. 한국인으로 위장해서 살아가고 있는데 무슨 수로 찾겠습니까?"

"그렇군."

장마량이 그녀를 찾지 못한 것은 화수로서는 상당히 잘된 일이지만 그녀 개인적으로는 상당히 불행한 일이었다.

어찌 되었든 지금 당장 그녀를 이곳에서 빼내야 할 것이다.

화수는 포주에게 그녀를 빼내는 데 들어갈 금액에 대해 물었다.

"그녀를 내가 사겠다. 얼마면 되겠나?"

"한국에서 오셨습니까?"

"그렇다."

"으음, 한 1억?"

순간 마오는 눈살을 찌푸렸다.

"이런 미친놈을 보았나? 뭐가 어쩌고 어째?"

협박을 당하는 입장이지만 그는 아주 당당하게 말했다.

"죽이려면 죽이십시오. 하지만 1억 이하는 못 팔겠습니다. 그러니 데리고 가든지 말든지 마음대로 하십시오."

"흐음."

깊은 고민에 빠진 화수는 지금 자신이 동원할 수 있는 금액을 계산해 보았다.

하지만 마오는 깊은 고민 따윈 하지 않았다.

"아하, 죽어도 못 내놓겠다?"

"네, 당연히."

"그럼 죽어야지."

마오는 주머니에서 망치를 꺼내어 포주의 쇠골을 후려쳤다.

퍼억!

"끄아아아악!"

끔찍한 비명 소리가 울려 퍼졌다. 그로 인해 주변에 있던 포주들은 재빨리 점포 문을 닫고 몸을 숨기는 사태가 벌어졌다.

이곳까지 마오의 악명이 익히 알려져 있었기 때문이다.

"네가 나에 대해서 아직 잘 모르는 모양이구나. 내가 모시는 보스가 선한 사람이지 내가 선한 사람은 아니다."

"사, 살려주십시오!"

"다시 한 번 말하겠다. 그녀는 얼마면 살 수 있지?"

"그, 그냥 데리고 가십시오!"

"정말 그래도 될까?"

"무, 물론이지요!"

마오는 그의 쇄골에서 망치를 떼며 말했다.

"앞장서라. 그녀가 있는 곳으로 말이다."

"예, 예!"

화수는 도대체 이런 마오를 자신이 어떻게 굴복시켰는지 진저리가 날 지경이었다.

'하긴 내 밑에 있는 놈들 중에 정상은 한 명도 없지.'

그는 새삼 자신이 험한 고비를 계속해서 넘기고 있다고 느꼈다.

*　　　*　　　*

포주를 따라 골목 깊숙한 곳으로 들어간 화수는 세 평 남짓한 작은 골방 앞에 멈추어 섰다.

"여깁니다."

창고라는 착각이 들 정도로 낙후된 이곳은 저절로 한숨이 새어 나올 정도로 피폐한 곳이었다.

"…이런 곳에서 사람이 살 수 있나?"

"대부분의 매춘부가 이런 곳에서 삽니다. 형편이 좋으면 이런 일을 할 리가 없잖습니까?"

"그건 그렇지만……."

화수는 새삼 세상은 참으로 살기 힘든 곳임을 절감했다.

똑똑!

이윽고 그가 노크를 하자 그녀가 빠끔히 고개를 내밀었다.

"누구세요?"

"나다."

"아하, 사장님 오셨어요?"

그녀는 포주를 사장님으로 부르는 모양이었다.

장문희는 더듬거리는 손으로 문을 활짝 열어 그를 안으로 맞이했다.

"일단 들어오세요. 그나저나 손님들이 계시네요?"

"오늘은 그나마 눈이 잘 보이는 모양이군."

"그러게요. 요 며칠 눈이 잘 보여요."

화수는 사진 속에 나와 있던 앳된 소녀는 온데간데없고 수척하고 처량한 한 여자가 되어버린 그녀에게 물었다.

"장문희 씨?"

순간 그녀는 몸을 살짝 떨었다.

"누, 누구세요? 경찰?"

"아니요. 저희는……."

"저, 저는 한국 사람 맞아요! 그러니 잡아가지 마세요!"

몸을 덜덜 떠는 그녀에게 화수는 차분한 목소리로 말했다.

"저희는 경찰이 아닙니다. 당신의 오빠인 장마량 씨가 보내서 왔습니다."

"오, 오빠가요?!"

"지금 장마량 씨가 당신을 애타게 찾고 있습니다. 당신의 형제들도 마찬가지고요."

그녀는 더듬거리는 손으로 화수의 손을 잡았다.

"다, 다른 아이들은요? 막내는요? 오빠와 언니들은요?"

화수는 그녀의 어깨를 다독여 주었다.

"직접 가서 물어보십시오. 일단 한국으로 돌아가서 장마량 씨를 만난 다음 형제들에게 돌아가시지요."

"저, 정말 우리 오빠가⋯⋯?"

"그래요. 당신의 큰오빠가 찾습니다. 어서 가시죠."

"하지만 빚은⋯⋯."

"장마량 씨가 다 청산했습니다. 그러니 걱정할 필요 없어요."

"오빠⋯⋯."

그녀는 멀어버린 눈을 연신 비비며 통곡하기 시작했다.

"흑흑! 오빠! 큰오빠!"

화수는 물론이고 마오까지 그녀의 통곡하는 모습을 바라보며 눈시울을 붉힌다.

"괜찮습니다. 이젠 다 끝났어요. 다시는 이런 골방에서 몸을 팔 필요가 없어졌어요."

"흑흑!"

마오는 어깨뼈를 다친 포주를 데리고 다시 밖으로 나갔다.

"안 되겠다. 이리 나와."

"자, 잠시만요!"

"닥치지 않으면 두개골을 부숴 버리겠다."

"흑흑!"

결국 통곡하는 사람이 한 명 더 늘어났다.

*   *   *

늦은 밤, 울산에 위치한 한 모텔로 양천회 조직원 100명이 줄을 지어 들어서고 있었다.

모텔 주인은 벌써 손과 발이 묶인 채로 감금되어 있고 경찰을 부를 수 있는 전화기 또한 모두 박살 나 있었다.

양천회 조직원들은 검은색 우비를 뒤집어쓴 채 일사불란하게 엘리베이터에 오르거나 계단을 올라갔다.

팅!

각 층에 멈추어 선 엘리베이터에서 조직원들이 흩어져 내렸고, 무전기를 든 사내가 마지막 층에 도착하자마자 신호했다.

"덮쳐라."

─예!

순간 양천회 조직원들이 일제히 모텔 문을 박차고 들어갔다.

쾅!

함성을 지르거나 소리를 내지르는 이 하나 없이 아주 침착하게 방으로 돌입한 그들은 다소 허망한 표정을 지었다.

"어, 어라?"

"없어?"

―보스! 놈들이 하나도 없습니다!

"뭐라?"

양천회 조직원을 이끌고 온 장마량은 자신이 맡은 특실 문을 열어보았다.

콰앙!

하지만 정말로 놈들은 존재하지 않았다.

"정말 없군."

"어떻게 할까요?"

"일단 이곳을 나선다. 그리고……."

바로 그때였다.

모텔에 설치되어 있던 소화전이 울리기 시작했다.

따르르르르릉!

―쿨럭쿨럭! 보스, 1층에서부터 연기가 올라옵니다!

"뭐라?!"

그제야 장마량은 이것이 상대편 조직의 꼼수였다는 것을 깨달았다.

"어서 이곳을 빠져나가라! 어서!"

―쿨럭쿨럭!

무전기 너머로 들리는 부하들의 신음 소리와 기침 소리를 들고 있던 장마량 역시 탈출을 감행했다.

"빌어먹을!"

"이쪽입니다!"

그는 부하들을 따라서 비상구로 향했다.

하지만 그는 멀리서 사람이 죽어나가는 소리를 들었다.

서걱서걱!

"크허어억!"

"무슨 일인가?!"

"이런 미친……! 건물에 불을 질러놓고 나오는 족족 찔러 죽이는 모양입니다!"

"뭐라?!"

놈들은 작정하고 모텔에 불을 지른 후 입구를 봉쇄해 버린 것이다.

"제기랄!"

"어떻게 할까요?!"

그는 주머니에서 박도를 꺼내 들었다.

스릉!

"어쩌긴, 뚫어야지!"

부하들을 제치고 앞으로 나선 장마량은 모텔 문을 박차고 나서며 곧장 칼을 휘둘렀다.

콰앙!

"죽어라!"

퍼억!

"크허어억!"

그의 묵직한 박도가 머리에 꽂힌 중남미 청년은 속절없이 쓰러져 내렸고, 그는 계속해서 박도를 휘둘렀다.

부웅!

서걱!

"크헉!"

사람을 죽이는 기술을 어디서 배운 적은 없지만 그는 오랜 시간 도축을 해온 사람이다.

그 경험과 엄청난 신체 능력을 바탕으로 사람을 도륙하고 있는 것이다.

퍼억퍼억!

"크아아악!

"이런 미친……! 한 방에 팔이 잘려!"

불과 170㎝에 불과한 키에서 뿜어져 나오는 엄청난 근력은 보는 사람으로 하여금 혀를 내두르게 할 정도였다.

"놈을 막아라!"

"예!"

좌라락!

상대 조직은 그들의 앞에 플라스틱 방패진을 놓았고, 양천회는 힘으로 그들을 밀어냈다.

"밀리지 마라! 이 뒤는 불길이다! 절대로 밀려서는 안 된다!"

"예!"

팽팽한 힘이 맞부딪치고 있는 바로 그때였다.

모텔 옥상에서부터 초대형 그물이 내려와 양천회 진영을 덮쳐왔다.

휘리릭!

"그, 그물……?"

"제, 젠장!"

그물에 몸이 걸려 행동이 굼떠진 틈을 타 상대편 조직원들이 양천회 조직원들을 무차별적으로 구타하기 시작했다.

퍽퍽퍽퍽!

그러던 찰나, 장마량의 목덜미로 따끔한 주사바늘이 날아와 꽂혔다.

푸욱.

"으허어억……."

이윽고 그는 깊은 잠에 빠져들고 말았다.

*   *   *

마치 길고 긴 터널을 빠져나온 것 같은 착각이 드는 아침.

장마량은 따사로운 햇살을 이기지 못하고 눈을 떴다.

째앵!

"크윽!"

재빨리 몸을 일으키려던 그는 욱신거리는 몸을 주체할 수가 없어 다시 몸을 눕혔다.

"크헉!"

온몸에 전기가 찌릿찌릿 흘러다니는 것 같은 고통에 몸부림치던 그는 이내 진정하고 눈을 돌렸다.

처음엔 이곳이 어딘지 몰라서 잠시 당황했지만 정신을 차리고 보니 그렇게까지 험한 곳은 아니라는 생각이 들었다.

깔끔하게 정돈된 시트와 옷장, 그리고 창문과 커튼까지.

"여긴……."

깔끔한 흰색으로만 이뤄진 이곳은 아마도 병원인 것 같았다.

어째서 자신이 병원으로 옮겨진 것인지 알 수는 없어도 목숨을 건진 것은 그야말로 천운이었다.

이윽고 병실 문이 열리며 한 여인이 모습을 드러냈다.

그녀는 커다란 안경을 쓰고 있었고 긴 생머리에 백옥 같은 피부가 인상적이다.

'곱구나.'

무심결에 감탄사를 내뱉으려던 그는 문득 그녀가 자신을 닮았다고 생각했다.

"어, 어라?"

고개를 갸웃거리는 그에게 그녀가 다가와 말했다.

"오빠, 정신이 좀 들어?"

"…문희?"

"그래, 나 문희야."

그는 손을 올려 문희의 얼굴을 더듬어보았다.

그녀는 오른쪽 귓가에 작은 사마귀 같은 것이 나 있다.

장마량은 동생이 어렸을 때 그것을 떼어내기 위해 무던히도 노력했지만 번번이 실패했다.

"이, 있다!"

"그래, 귀 뒤에 사마귀 있어. 오빠 동생 맞아."

순간, 그의 눈가에서 굵은 눈물방울이 떨어져 내리기 시작했다.

"문희야!"

"흑흑!"

그는 자신이 놓쳐 버린 동생을 꼭 끌어안았다.

"미안하다, 미안해! 흑흑흑!"

"괜찮아."

남매가 감동의 상봉을 하고 있는 동안, 한 청년이 병실로 들어왔다.

"문희 씨, 오빠는 좀 괜찮습니까?"

"네, 덕분에요."

"그럼 잠시 대화 좀 나눠도 될까요?"

"그러세요."

이윽고 그녀는 병실을 나섰지만 그는 아직도 흐르는 눈물을 주체하지 못하고 있었다.

그런 그에게 청년이 명함을 내밀었다.

"당신의 동생을 구해온 사람입니다. 강화수라고 해요."

"…고맙습니다. 선생님께서 제 동생을 구해주셨군요. 감사합니다."

연신 고개를 숙이는 그에게 화수가 물었다.

"한데 문제가 하나 있습니다. 저는 엄연히 말해 당신의 적인데 괜찮겠습니까?"

"그게 무슨 말입니까?"

"당신들의 물건 말입니다. 그건 제가 빼돌렸습니다."

순간 장마량의 눈빛이 사납게 변했다.

"…원하는 것이 뭐요?"

"당신이 양지로 돌아오는 것이지요. 원한다면 한국에 정육점을 차려줄 수도 있어요."

"단지 그것 때문에……."

"그전에 나에게 해줄 일이 있지요. 이것만 처리해 준다면 중국에서 당신들의 동생을 모두 데려와 줄 수 있습니다. 하지만 그렇지 않는다면……."

장마량은 지금까지 가족들이 모두 함께 모여서 제대로 사는 것이 꿈이었다.

확실하지는 않지만 지금 이 남자는 그의 꿈을 이뤄줄 수도 있을 것 같았다.

"조건을 말해보십시오. 뭡니까? 보스의 목을 따오면 됩니까?"

"아니요. 그런 위험한 일은 할 필요 없어요. 그저 내가 원하는 정보만 빼내주면 됩니다."

"정보를?"

"그렇습니다. 하지만 상당히 어려운 일이겠지요."

그는 잠시도 망설이지 않고 답했다.

"좋습니다. 조건을 받아들이지요. 하지만 이 일이 끝나면 나는 동생들과 함께 숨어서 지낼 겁니다. 아예 바다 건너 영국이나 미국에 둥지를 틀 수 있도록 해주십시오."

"알겠습니다. 그렇게 하지요."

두 사람 사이에 맺어진 조약으로 인해 앞날이 변하기 시작했다

『현대 마도학자』 7권에 계속…

외전

젊은 날

　나르서스 제국령 아스가르나.

　다그닥다그닥!

　임업도시인 아스가르나의 도로를 두 청년이 힘차게 내달리고 있다.

　"어이, 카미엘!"

　"뭔가?!"

　"정말 저 너머에 자이언트 트롤이 서식하고 있는 것이 틀림없나?!"

　"후후, 나를 뭐로 보고 그런 소리를 하는 것이지?!"

　"워낙 어마어마한 일이라서 말이지!"

제국 마법학교를 수석으로 졸업한 수재이자 대륙 최초의 마검사로 기록될 카미엘은 몬스터와 전쟁에 대해선 아주 빠삭한 지식을 가지고 있었다.

황태자 레비로스는 그런 카미엘을 따라다니면서 견식을 넓히고 여러 가지 경험을 쌓는 중이다.

오늘은 카미엘이 아스가르나 산맥에 서식한다는 자이언트 트롤을 보여주겠다고 레비로스에게 말했다.

소드익스퍼트급 기사 열 명이 자이언트 트롤을 토벌하기 위해 길을 떠났지만 돌아온 이는 단 둘뿐이었다.

가끔씩 사냥꾼들을 먹이로 삼고, 지나가는 상단 행렬을 급습하는 자이언트 트롤을 처단하기 위해 자신 있게 자원했지만 돌아온 것은 죽음뿐이었던 것이다.

카미엘은 그런 사지가 있다는 소리를 레비로스에게 했고, 그는 젊은 혈기를 주체할 수 없어 즉시 길을 떠났다.

그들이 황궁을 떠난 지 3년, 이제는 눈으로 보고 사냥하지 않은 몬스터가 드물 지경이지만 그래도 자이언트 트롤과 같은 괴물은 한 번도 본 적이 없었다.

때문에 호기심 왕성한 레비로스는 목숨을 걸고 그 위험한 구경에 나선 것이다.

카미엘은 레비로스를 바라보며 슬며시 미소를 지었다.

"어이, 혹시나 자이언트 트롤을 보고 오줌을 지리면 안 된다? 알지?"

"큭큭! 네놈이나 조심하시지?"

두 사람은 황실에서 내린 비단과 금은보화를 모두 물리치고 단검 하나에 가죽 갑옷 하나만 덜렁 걸치고 길을 나섰다.

그동안 산적과 해적에게 목숨을 잃을 뻔한 적이 한두 번이 아니었지만, 그때마다 그들은 서로를 의지하며 살아왔다.

하지만 그런 위험과 맞바꾼 자유는 젊은 영혼들의 혈기를 식히기에 충분했다.

배가 고프면 사냥을 하거나 용병단에 들어가 돈을 벌며 지냈다. 바다가 있으면 낚시를 하고, 숲이 있으면 과실을 따서 배불리 먹고 그곳에서 노숙했다.

그러는 동안 10대 후반의 들끓는 피를 잠재우며 학식 대신 경험을 쌓아온 것이다.

카미엘과 레비로스는 자신들이 학교에 처박혀 지냈다면 배울 수 없는 것들을 익히면서 조금씩 성장해 나가고 있었다.

만약 오늘 목숨을 잃는다고 해도 그들은 결코 후회하지 않을 것이다.

두 사람은 거칠게 말을 달려 산맥 입구로 들어섰다.

자이언트 트롤은 무식한 덩치만큼이나 머리가 좋기 때문에 사람이 가장 많이 지나다니는 곳에 둥지를 틀었다.

그리고 그곳에서 사람들을 잡아먹고 물건을 약탈했다.

과연 한낱 마물에 불과한 트롤이 도대체 무슨 이유로 사람들의 물건을 약탈하는지는 몰라도 그 수법이 잔악하기 짝이 없었다.

카미엘이 자이언트 트롤을 보러 가자고 레비로스를 부추긴 것은 오로지 호기심 때문만은 아니었다. 더 이상 국민들이 희생되는 꼴을 두고 볼 수가 없었던 것이다. 오늘 카미엘은 자이언트 트롤을 아예 죽여 버릴 작정을 했다.

"어이, 레비."

"응?"

"가는 길에 파티를 구성하자."

"파티를?"

"산맥 입구에는 여행자와 상인들을 위한 캠프가 있대. 거기에 사제들과 궁수들이 있을 테니 파티원을 구해보자고."

"에이, 아무리 그래도 남의 손까지 빌려서 몬스터를 토벌해야 할 필요가 있나?"

"사람을 잡아먹는 놈이다. 당연히 처죽여야지."

"으음."

레비로스는 이내 고개를 끄덕였다.

"그래, 알겠다. 대신 리더는 네가 맡는 것으로?"

"마땅한 사람이 없다면."

이들에게 가장 중요한 것은 최대한 신분이 노출하지 않는 것이었다.

만약 이들의 신분이 노출된다면 황실에서 가만히 놓아두지 않을 것이 분명했다.

병력을 파견하든 마법사들이 출동하든 무슨 사달이 나도 날 것이 틀림없었다.

그렇게 된다면 당연히 여행은 파장이니 조심에 조심을 기하려는 것이다.

두 사람은 여행자 캠프로 향했다.

*   *   *

아스가르나 산맥의 초입.

모닥불 몇 개와 텐트 무리, 그리고 말을 묶어놓은 마구간이 전부인 여행자 캠프가 보인다.

가옥 하나 없는 아스가르나 산맥이지만 꽤 많은 여행객이 자리를 잡고 있었다.

"사람이 꽤 많은데?"

"산맥을 가로지르는 길목만 아니라면 목숨을 건질 수는 있으니까. 아마도 서부로 넘어가는 사람들이겠지."

대륙의 중부를 가로지르는 아스가르나 산맥에는 동부에서 서부로 이동하는 여행객들이 꽤 많았다.

원래는 가장 최단 거리인 아스가르나 산맥 중부를 따라서 행로가 펼쳐져 있었지만 지금은 자이언트 트롤 때문에 막힌 상태였다.

그 때문에 지금은 아스가르나의 교역 루트가 막혀 버린 상태였지만 워낙 가난한 영지에 병사의 숫자도 얼마 없는 아스가르나는 아예 이 행로를 포기해 버렸다.

이곳을 지나느니 차라리 강변을 따라 배를 띄우는 편이 낫다고 생각한 것이다.

하지만 카미엘은 그것이 지역 발전에 얼마나 악영향을 미치는지 알고 있었다.

그래서 그는 병사 150명과 맞먹는 병력이 투입되었음에도 실패한 사냥을 굳이 감행하려는 것이다.

카미엘은 모닥불 주변을 돌아다니다 한 여성이 앉아 있는 곳으로 행했다.

"실례 좀 하겠소."

"네, 앉으세요."

그녀는 흰색 예복을 입고 있었고 머리와 얼굴은 베일로 가린 상태였다.

"신녀이시오?"

"네, 주신교에서 견습 절차를 밟고 있지요. 지금은 동부신전에서 수행을 마치고 서부로 향하는 행로를 향해 가는 중입니다."

"서부의 행로에는 자이언트 트롤이 서식하고 있소만?"

"어쩔 수 없어요. 만약 제가 죽는다면 그 또한 하늘의 뜻이겠지요."

카미엘은 일부러 그녀에게 접근했다.

주신교에서는 견습사제나 신녀에게 동부에서 서부로 향하는 행로를 탐방하는 것을 통과의례로 정했다.

하고 많은 행로 중 이곳을 통과의례로 지정한 것은 주신교의 최대 성전이 이곳에서 벌어졌기 때문이다.

대륙을 이교도들이 점령했을 때, 초대 교황인 파바로스 1세가 직접 성기사들을 이끌고 평화를 되찾은 길목이 바로 이 아스가르나 산맥의 행로였던 것이다.

지금은 교황의 권위가 산산조각 나고 성기사들은 뿔뿔이 흩어졌지만 주신교는 그 전투를 성전이라 명시하고 견습 사제들이나 신녀들을 그곳으로 보내 신앙심을 키워냈다.

눈이 오나 비가 오나 그곳은 언제나 성스러운 행로로 여겨졌으며, 그 어떤 위험이 도사리고 있더라고 무조건 그곳을 건너야 했다.

카미엘은 그 사실을 누구보다 잘 알고 있기에 그녀에게 접근한 것이다.

"함께 갑시다."

"어디를 말인가요?"

"그 트롤이 나오는 행로 말이오."

"잘못하면 죽을 수도 있는 것을요?"

"우리는 놈을 죽이기 위해 그곳으로 가는 중이오. 죽는 것이 하늘의 뜻이라면 어쩔 수 없겠지."

그녀는 고개를 갸웃거렸다.

"도대체 왜 놈을 죽이겠다는 건가요? 행색을 보니 관군도 아닌 것 같은데."

"나는 이 나라의 사내요. 당연히 내 조국의 백성들이 그깟 몬스터에게 죽어가는 것을 두고 볼 수만은 없소. 그래서 길을 떠나는 것이외다."

카미엘이 자신의 당찬 포부를 밝히고 있는데, 불현듯 레비로스가 끼어들었다.

"하하! 나 역시! 정의감으로 똘똘 뭉친 나는 트롤인가 뭔가를 반드시 죽여 백성들을 구할 것이오!"

두 사람을 가만히 바라보던 그녀는 이내 고개를 끄덕였다.

"좋아요. 하지만 제가 할 수 있는 일은 트롤을 만나서 전투가 일어나면 상처를 치료해 주는 정도예요."

"그것이면 충분하오. 뭐가 더 필요하겠소?"

카미엘이 그녀를 섭외하고 의지를 굳히고 있는데, 뒤에서 한 무리의 엘프가 다가왔다.

"우리도 함께 갑시다."

"엘프족?"

숲의 일족인 엘프는 남쪽 숲 지대와 동부 숲 지대를 아우르는 왕국을 건설한 종족이다.

궁극의 아름다움을 지니고 있으며 뛰어난 궁술과 정령술이라는 신비로운 능력을 가진 종족이다.

그들은 인간들과 함께 어울려 살아가고 있지만 일부러 생명체를 사살하는 행위는 하지 않았다.

몬스터 역시 숲의 일부라고 보고 함께 어울려 사는 쪽을 택하고 있기 때문이다.

그럼에도 불구하고 그들이 카미엘의 파티에 참여한다는 것은 상당히 이례적인 일이었다.

"숲의 종족이 어째서 피를 보는 일에 참여한단 말이오?"

"자이언트 트롤은 인간뿐만 아니라 우리 엘프들까지 닥치는 대로 먹어치우고 있소. 도저히 이대로는 두고 볼 수 없다는 것이 왕국의 결정이고, 동부로 특사를 파견했소."

"그들이 바로 당신들이고?"

"그렇소."

약 20명가량 되는 엘프족 궁수를 바라보던 카미엘은 레비로스와 신녀에게 물었다.

"괜찮겠소?"

"좋습니다."

"나야 좋지!"

카미엘은 그제야 고개를 끄덕였다.

"좋소. 함께 갑시다."

엘프족 궁수단의 단장은 출발 준비를 서두르는 카미엘에게 말했다.

"그전에 그놈과 싸울 수 있는 실력을 갖추고 있는지 확인해 봐야겠소. 그렇지 않다면 우리 행렬에 걸림돌이 될 것 아니오?"

레비로스는 카미엘 대신 검을 뽑아 들었다.

스릉!

"듣자 하니 거슬려서 앉아 있을 수가 없군. 뭐가 어쩌고 어째? 먼저 파티에 참가하겠단 쪽은 그쪽이다."

"그건 신녀의 회복술이 필요했기 때문이오. 이 파티에 들어오면 상처를 치료할 수 있을 것 아니오?"

"허어! 그런데……!"

카미엘이 레비로스를 만류했다.

"아니, 괜찮아."

"하지만……!"

"대련에서 이기면 되는 것 아닌가? 그렇지 않소?"

엘프족 궁수단장이 고개를 끄덕인다.

"물론이오."

"좋소. 그럼 합을 겨뤄봅시다."

이윽고 카미엘은 자신의 등에 매달려 있던 레이피어와 바스타드 소드를 꺼내 들었다.

챙!

"이도류?"

"선공하시오."

카미엘은 한 손에는 마법사들이 사용하는 로드 대신 룬어를 캐스팅할 수 있는 레이피어를 들고, 다른 한 손에는 검술에 사용하는 바스타드소드를 들고 전투 준비를 마쳤다.

마법사들은 마나의 재배열을 고대어인 룬어를 이용해 사용하는데, 그 과정에는 주문과 마력의 공급이 필요했다.

마법을 발동시키기 위한 주문과 마력의 공급을 두고 캐스팅이라고 말하며, 마나 서클이 강해질수록 캐스팅 속도는 빨라진다.

하지만 전투에서 캐스팅을 일일이 할 수 없으니 매개체를 사용하게 된다.

그것이 바로 마법사들이 사용하는 로드이다. 로드는 대부분 번개를 맞은 떡갈나무나 미스릴로 만들었다.

심해의 물질인 미스릴은 아무 데서나 구할 수 없어 그 가격이 상당히 높았다.

그래서 보통은 번개를 맞은 떡갈나무에 아주 작은 파편만 박아 사용하곤 했다.

하지만 카미엘이 사용하는 레이피어는 검신 전체가 미스릴로 만들어져 있었다.

이것은 그가 용병단에서 몬스터를 토벌할 때 오크 부락에서 얻은 것이다.

카미엘은 이것을 매개체로 이용해 마법을 자유자재로 사용했다.

"좋소. 그럼!"

궁수단장은 카미엘을 향해 활시위를 당겼는데, 그 속도가 상상을 초월했다.

피융!

'빠르다!'

보통 인간의 궁술은 근접전에서 사용할 수 없지만 엘프들의 궁술은 달랐다.

그들은 활 자체를 무기로 사용하며, 작은 단도를 자유자재로 사용하기 때문에 검의 부재를 메울 수 있었다.

또한 화살 역시 무기로 사용하기 때문에 오히려 검술보다 훨씬 더 빠르고 다양한 공격이 가능했다.

팅!

가까스로 화살을 막아낸 카미엘은 레이피어에 마력을 주입했다.

'헤이스트!'

슈아아아악!

전신에 엄청난 마력의 증강을 진행시켜 행동을 1.5배에서 2배까지 끌어올리는 헤이스트가 발현된다면 어지간한 검사는 카미엘의 검을 피해내지 못했다.

"으헙!"

부웅!

바스타드소드의 검신이 궁수단장을 향하자 그는 재빨리 몸을 뒤로 물리며 화살을 쏘았다.

피융!

티잉!

카미엘은 그의 공격을 막아내며 다시 검을 휘두르려 했지만 이내 몸을 옆으로 돌리고 말았다.

슈융!

"이런!"

궁수단장은 화살에 가느다란 오리하르콘 천잠사를 연결해 화살을 쏘았다가 다시 회수해서 싸움에 임했다.

화살을 쏘고 회수하는 과정에서 생기는 반동을 이용해 카미엘을 공격한 것이다.

세상에서 가장 단단하다는 오리하르콘을 전설의 곤충 천잠에서 뽑아낸 실로 만든 천잠사에 덧씌우면 무시무시한 무기로 돌변한다.

눈에 거의 보이지 않을 정도지만 코끼리 한 마리를 올려놓아도 끊어지지 않을 정도의 단단함을 자랑했다.

만약 이것에 잘못 베이면 목이 달아날 수도 있었다.

카미엘은 재빨리 몸을 뒤로 물린 후 다른 마법을 캐스팅했다.

'별수 없지.'

그는 자신의 팔에 달려 있는 마나코어에 힘을 불어넣었다.

우우우웅!

마법학교에서 견습 시절에 우연히 개발한 마나코어는 지금 카미엘이 익힌 마법보다 한 단계 위의 마법을 사용할 수 있도록 도와주었다.

그는 팔찌를 이용해 지금보다 더 빠른 헤이스트를 걸었다.

'그레이트 헤이스트!'

슈가가가각!

푸른색 기운이 카미엘을 감싸자 그는 무려 네 배나 빨리진 동작으로 검을 휘둘렀다.

티잉!

"크윽!"

"이, 이럴 수가!"

엘프들은 육안으로는 아예 식별할 수조차 없는 카미엘을 바라보며 눈을 휘둥그렇게 떴다.

"이, 이게 과연 사람이란 말인가?!"

그에 반해 레비로스는 팔짱을 낀 채 실소를 흘렸다.

"후후, 그러게 왜 덤벼? 객기도 사람을 봐가면서 부려야지!"

카미엘은 그를 구석까지 밀어붙여 끝내 항복을 받아냈다.

까앙!

"크윽! 내가 졌소."

"좋은 승부였소."

그는 무릎을 꿇은 엘프족 청년을 일으켜 세웠다.

"일어나시오. 한숨 돌리고 곧바로 출발합시다."

"그럽시다."

두 사람은 모닥불에 앉아 체력을 회복했다.

*　　　　*　　　　*

아스가르나 산등성이.

카미엘 파티가 천천히 사방을 경계하며 걸어갔다.

엘프족 전사들은 특유의 동물적 감각을 이용해 자이언트 트롤의 흔적을 쫓고 있었다.

눈이 쌓인 산등성이를 둘러보던 그들은 이내 인간의 혈흔을 발견했다.

"죽은 지 얼마 지나지 않은 사람의 피요. 아마도 이쪽으로 끌려간 것 같소."

카미엘은 즉시 자신의 애병을 꺼내 들었다.

스릉!

"놈을 잡으러 갑시다."

파티에서 맨 앞을 맡으려는 카미엘을 레비로스가 막아섰다.

챙!

그는 자신의 몸보다 무려 두 배나 큰 대검을 자유자재로 휘둘렀다. 이것은 타고난 근력이 만들어낸 축복이었다.

거기에 카미엘은 그에게 마나코어로 만든 팔찌를 선물했는데, 그것이 근력을 약 두 배가량 증가시켜 주었다.

덕분에 레비로스는 무려 150㎏에 달하는 대검을 마치 몽둥이 휘두르듯이 휘둘렀다.

엘프족 전사들은 레비로스가 등에 매달고 다니던 것이 방패가 아니라 검이라는 것에 크게 놀랐다.

"사, 사람의 힘으로 그것을 휘두를 수 있단 말이오?"

"후후, 이래서 사람은 짧은 식견을 가지면 안 된다니까. 공격과 방어를 동시에. 모르시오?"

"그렇긴 하지만……."

레비로스는 자신의 어깨에 대검을 툭 걸치더니 이내 앞장서서 걸음을 옮겼다.

"갑시다. 그 자이언트 트롤인지 뭐시기를 잡으러 말이오."

카미엘은 그런 그를 보며 실소를 흘렸다.

"하여간 못 말려."

그런 그를 뒤에 바짝 붙은 신녀가 신성력의 파동을 일으켰다.

"이제부터 당신들은 제가 보호해 드리겠습니다. 그러니 용기를 내서 악에 맞서 싸워주세요."

"후후, 안 그래도 그럴 겁니다."

파티의 가장 선두에 선 레비로스는 거침없이 앞으로 나아갔고, 드디어 마물들이 모습을 드러내는 숲에 도착했다.

쿠웅!

그는 묵직한 대검을 바닥에 내려놓곤 주변에 흩어져 있던 흙을 한 줌 퍼내 손에 골고루 묻혔다.

그리곤 이내 향긋한 흙냄새를 맡아보았다.

"킁킁, 좋군."

엘프들은 그런 그의 행동에 고개를 갸웃거렸다.

"뭐 하는 거요?"

"싸우기 전에 땅이 얼마나 젖었는지 가늠하는 것이오. 레비로스는 대검을 휘두르기 때문에 땅이 젖었는지가 상당히 중요하기 때문이지."

"오호라, 그런 뜻이?"

이윽고 그는 자신의 앞을 막아서는 코볼트 무리를 향해 돌진하기 시작했다.

"내가 앞장서겠소! 카미엘, 엄호해 줘!"

"물론이지!"

그는 대검을 마치 방패처럼 삼고 무작정 앞으로 달려나갔다.

"흐어어업!"

콰앙!

대검의 무게를 이용해 코볼트 무리와 한 차례 충돌을 일으키자, 그의 주변으로 은색 오라가 형성되었다.

순간, 엘프들은 놀라움을 금치 못했다.

"소드 오라?!"

"적어도 익스퍼트 최상급에 달하는 오라인 것 같습니다!"

"설마하니 저 사람이……."

검성의 경지라 일컬어지는 소드마스터의 바로 밑 단계인 최상급 소드익스퍼트는 족히 삼백 명의 전투력을 낸다.

그러니까 레비로스 한 사람이 전장에 뛰어든다면 기사 삼백 명과 전투를 벌여도 밀리지 않는다는 소리였다.

"대단하군! 어디서 저런 실력자가……?!"

마나코어를 발동시킨다는 것, 그것은 이미 그가 마나를 조절할 수 있다는 뜻이었다.

하지만 레비로스는 카미엘과 달리 마법에는 조예가 없어서 오로지 검으로만 수련을 쌓아왔다.

그는 마법사들이 사용하는 마나와 다른 개념인 오라를 컨트롤해서 그것을 자신의 힘으로 만들었던 것이다.

사람들은 이것을 두고 검성으로 가는 지름길이라고 일컬었다.

이런 특출한 능력을 가진 사람은 10만 명에 한 명꼴로, 레비로스의 경우엔 인재 중의 인재라고 할 수 있었다.

레비로스는 자신의 주변으로 발현된 은색 오라를 다시 갈무리하여 원형 검기를 만들어냈다.

"허업!"

스르르르릉!

그의 주변으로 생겨난 오라의 파장이 뻗어 나가며 코볼트들을 차례대로 학살하기 시작했다.

촤라라라라라라락!

"꾸웨에에에에엑!"

실로 엄청난 무위, 엘프족 전사들은 이들이 허투루 마물을 토벌한다고 설레발친 것이 아님을 깨달았다.

이윽고 카미엘은 레비로스가 검강을 휘두르며 생긴 시간

의 공백을 스스로 메워냈다.

그는 레이피어에 마나를 불어넣어 파이어 블레스트를 캐스팅했다.

우우우우웅!

그리곤 레비로스를 불렀다.

"레비로스, 도움닫기!"

"오케이!"

카미엘은 레비로스의 대검 위로 뛰어올랐고, 그는 있는 힘껏 카미엘을 멀리 날려 보냈다.

"흐업!"

부웅!

바람을 가르며 공중으로 높이 뛰어오른 카미엘이 파이어 블레스트를 난사하기 시작했다.

"파이어 블레스트!"

쾅쾅쾅쾅쾅!

마치 하늘을 나는 드레곤이 지상에 벌을 내리는 것 같은 착각이 들었다.

이윽고 레비로스는 그의 뒤따르며 다시 전투를 준비했다.

"으랏차차!"

검으로 자신의 앞을 막아낸 후 카미엘이 만들어낸 틈만 골라서 밟으며 전진했다.

이렇게 죽이 잘 맞으니 도저히 엘프들이 끼어들 틈이 없었다.

"엄청난 사람들이군. 어디서 저런 사람들이 나타난 것이지?"

"글쎄요."

전투가 시작된 지 5분 만에 주변은 모두 초토화되었고, 카미엘과 레비로스는 자이언트 트롤의 둥지를 찾아냈다.

지독한 악취가 풍겨오는 동굴 앞, 카미엘은 이곳에 악의 근원이 살고 있음을 직감했다.

"이곳인 것 같소. 들어갑시다."

하지만 신녀는 이곳에 들어가는 것을 극도로 꺼려한다.

"…안 돼요! 지독한 저주를 받게 될 거예요!"

"저주?"

"이 땅이 피로 물들어요! 절대로 안 돼요!"

레비로스는 그녀의 경고를 무시한 채 자이언트 트롤의 둥지로 짓쳐 들어간다.

"됐소. 어차피 놈이 이곳을 피로 물들이고 있는 마당에 무슨 저주가 또 있겠소?"

"아, 안 돼!"

레비로스는 자신을 막아서는 인골더미를 밀어내며 돌진했다.

"으라차차! 이놈아! 이 레비로스 전하께서 오셨다!"

순간, 카미엘은 그의 앞으로 달려오는 무언가와 마주했다.

고오오오오오!

"레, 레비! 피해!"

타고난 기사로서의 감각은 뛰어나지만 육감은 아예 발달하지 않은 레비로스는 그 기운을 알아채지 못했다.

"뭐라고?"

바로 그때였다.

끼에에에에에액!

"크아아아아악!"

검고 붉은 기운이 레비로스의 몸을 잠식해 버렸다.

"레비!"

"크어어억! 카미엘! 죽을 것 같아! 살려줘!"

고통이 몸부림치는 그에게 신녀가 성수통을 집어 던지며 외쳤다.

"신께서 축복을!"

치이이이익!

"으아아아아악!"

신성력의 근원인 성수가 닿자 불길처럼 일렁이던 기운이 잠잠해졌다.

"이런 빌어먹을! 죽여 버리겠다!"

카미엘은 기운의 근원을 제거하기 위해 나아갔다.

스릉!

하지만 동굴에는 자이언트 트롤의 시체와 함께 피로 물든 마법진만이 덩그러니 놓여 있을 뿐이었다.

"도, 도대체 이게 무슨……."

다소 허탈한 표정을 짓던 카미엘에게 엘프들이 소리쳤다.

"이보시오! 친구가 깨어났소!"

이윽고 카미엘은 레비로스를 향해 달려갔다.

"레비!"

"으윽! 카미?"

"괜찮아?"

"…머리가 깨질 것처럼 아파."

"머리가?"

"어서 술을 마시고 싶어. 어서……."

"알겠어."

카미엘은 그를 들쳐 업고 엘프들은 대검을 맡았다.

전투를 끝내고 산을 내려가는 동안 카미엘은 신녀에게 지금 이 사태에 대해 물었다.

"도대체 어떻게 된 것일까요?"

"글쎄요. 방금 전 그것은 전투의 마신을 불러일으키는 마법진이에요. 좋지 않은 일이 일어난 것이 분명해요."

"제기랄."

레비로스는 깨질 듯한 두통을 이겨내며 미소를 지었다.

"후후, 걱정하지 마. 난 죽지 않아."

"훗, 알았다."

카미엘은 그를 데리고 대신전으로 향하기로 했다.

황도에 위치한 중앙신전.

카미엘은 자신과 친분이 두터웠던 대신관을 찾아가 레비로스의 상태에 대해 자문했다.

그러자 그는 레비로스의 상태를 단 한마디로 일축했다.

"뇌에 종양이 생기셨군."

"조, 종양이요?"

"언제 터질지는 알 수 없지만 이것이 전하의 성정을 난폭하게 만들 수도 있다네."

"그, 그렇다는 것은……."

"이제부터 당분간은 전투나 스트레스에 노출되는 일이 없어야 하네. 특히나 손에 피를 묻히는 일은 하면 안 돼."

"…알겠습니다."

언제 죽을지 모르는 레비로스, 그를 바라보는 카미엘의 눈빛에는 심란함이 가득했다.

*　　　*　　　*

10년 후, 황도의 성문 앞에 제국군 총사령관 카미엘이 레이피어를 들고 서 있다.

성문 앞에는 수많은 시민이 응집해 있었는데, 카미엘은 반역으로 추포된 20명의 귀족을 앞에 둔 채 외쳤다.

"이놈들은 반역자들이다! 반역자들은 이렇게 된다! 잘 봐라!"

카미엘은 귀족의 머리를 레이피어로 꿰뚫어 버렸다.

푸하아아악!

그리곤 그 시체를 밟고 올라서서 마나를 끌어올렸다.

순간, 그의 무게가 증가하면서 시체가 압력을 이기지 못하고 터져 버렸다.

콰앙!

"꺄아아아악!"

충격으로 물든 시민들. 카미엘은 다시 한 번 반역도의 처벌에 대해 발표했다.

"반역을 일으키는 놈들은 구족을 멸하고 사돈에 팔촌까지 모조리 잡아서 화형에 처하거나 팽형에 처할 것이다!"

공포로 물든 시민들. 카미엘은 자신의 온몸을 물들이고 있는 피를 바라보며 다짐했다.

'그래, 친구를 위한 일이다. 이까짓 피쯤은 아무렇지도 않다.'

카미엘은 친구를 대신해서 자신의 앞에 있는 사람들을 죽여 나갔다.

외전 끝

내일을 향해 쏴라

김형석 장편 소설

FUSION FANTASTIC STORY

1만 시간의 법칙!
'성공은 1만 시간의 노력이 만든다' 는 뜻이다.

그러나…
사회복지학과 복학생 수.
전공 실습으로 나간 호스피스 병동에서
미지와 조우하다.

1만 시간의 법칙?
아니, 1분의 법칙!

전무후무한 능력이 수에게 강림하다!
맨주먹 하나로 시작한 수의
인생역전이 시작된다!

Book Publishing CHUNGEORAM

유행이야 자유추구-
WWW.chungeoram.com

The Record of Dragon's Return

재중 귀환록

푸른 하늘 장편 소설
FUSION FANTASTIC STORY

『현중 귀환록』, 『바벨의 탑』의
푸른 하늘 신작!

이계를 평정한 위대한 영웅이 돌아왔다!

어느 날 갑자기 찾아온 부모님의 죽음.
그리고 여동생과의 생이별.
모든 것을 감당하기에 재중은 너무 어렸다.
삶에 지쳐 모든 것을 포기할 때, 이계에서 찾아온 유혹.

"여동생을 찾을 힘을 주겠어요.
…대신 나를 도와주세요."

자랑스러운 오빠가 되기 위해!
행복한 삶을 위해!

위대한 영웅의
평범한(?) 현대 적응이 시작된다!

Book Publishing CHUNGEORAM

유행이 아닌 자유추구 -
WWW.chungeoram.com

용마검전
FANTASY FRONTIER SPIRIT
김재한 판타지 장편 소설

「폭염의 용제」, 「성운을 먹는 자」의 작가 김재한!
또다시 새로운 신화를 완성하다!

『용마검전』

사악한 용마족의 왕 아테인을 쓰러뜨리고
용마전쟁을 끝낸 용사 아젤!

그러나 그 대가로 받은 것은 죽음에 이르는 저주.
아젤은 저주를 풀기 위해 기나긴 잠에 빠져든다.

그로부터 220년 후……

긴 잠에서 깨어난 아젤이 본 것은
인간과 용마족이 더불어 살아가는 새로운 세상이었다.

Book Publishing CHUNGEORAM

유행이 아닌 자유추구 ~
WWW.chungeoram.com